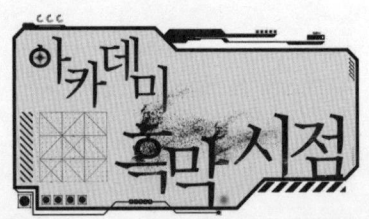

아카데미 흑막 시점 13

초판 1쇄 발행 2024년 3월 19일

지은이 ㅣ 제이칸
발행인 ㅣ 최원영
편집장 ㅣ 이호준
편집디자인 ㅣ 한방울
영업 ㅣ 김민원 조은걸

펴낸곳 ㅣ ㈜ 디앤씨미디어
등록 ㅣ 2002년 4월 25일 제20-260호
주소 ㅣ 서울시 구로구 디지털로 26길 111 JnK디지털타워 503호
전화 ㅣ 02-333-2513(대표)
팩시밀리 ㅣ 02-333-2514
E-mail ㅣ papy_dnc@dncmedia.co.kr
블로그 ㅣ blog.naver.com/gnpdl7

ISBN 979-11-364-5293-1 04810
ISBN 979-11-364-4381-6 (SET)

※ 저자와 협의하여 인지는 붙이지 않습니다.
※ 이 책은 ㈜ 디앤씨미디어(파피루스)가 저작권자와의 계약에 따라 발행한 것으로 본사와 저자의 허락 없이는 어떠한 형태나 수단으로도 내용을 이용할 수 없습니다.

아카데미 흑막 시점

제이칸 판타지 장편소설
PAPYRUS FANTASY STORY

13

1장	7
2장	37
3장	61
4장	101
5장	127
6장	155
7장	181
8장	209
9장	237
10장	263
11장	289

1장

1장

 낯선 이의 갑작스러운 방문에, 소년은 구석에 움츠린 채 바들바들 떨었다.
 선생은 무릎을 꿇고 천천히 다가갔다.
 ─괜찮아. 괜찮아. 난 널 해치지 않아.
 ─…….
 그딴 건 알고 있었다.
 선생이 자신을 패지 않을 거란 사실 정도는.
 무서운 것은 선생 본인이 아니라, 주인어른이었다.
 여기에 허락을 맡고 들어온 것 같지는 않았으니, 이 만남을 들킨다면 자신은 절대 무사하지 못할 것이었다.
 ─얘, 이름이 뭐니……?
 ─…….

―여기에 얼마나 있었던 거야?

―…….

선생의 계속되는 여러 질문에도 소년은 침묵을 유지했다.

대답할 수 있을 리 없다.

낯선 사람의 말에 대답했다고 개같이 맞았던 것이 불과 일주일 전이었다.

그로 인해 생겨난 상처는 채 아물지도 않았고, 눈이나 귀에 난 상처는 돌이킬 수 없는 수준이었다.

심장 깊은 곳까지 새겨진 두려움은 쉽사리 지워지지 않는다.

아직 목숨이 붙어 있는 것이 기적이라고 느껴지는 지금 이 상황에서, 가장 두려운 것은 선생의 존재 그 자체였다.

그리고 선생도 그 사실을 아는 것인지 그 이상은 소년을 추궁하지 않았다. 다만 그녀는 가방에 챙겨 온 물건들을 천천히 꺼내 놓기 시작했다.

그녀는 구석에 몰린 소년에게 조금 더 다가갔다.

소년은 공포 때문에 저항하지도 못하고 몸을 바들바들 떨 뿐이었다.

혹여나 주인어른이 이 모습을 볼까 망가지지 않은 한쪽 눈으로 입구 쪽을 계속 주시했다.

선생은 그 모습에 난데없이 훌쩍이기 시작했다.

그리고 아주 조심스럽게 소년의 얼굴을 뒤덮은 붕대를 풀고, 드러난 참상에 경악했다.

-인간도 아닌 새끼들······!

그러고선 눈물을 뚝뚝 흘리며 주사기를 꺼내 소년의 얼굴에 아프지 않게 찔러 넣었다.

주사 놓는 솜씨가 무척이나 훌륭했다.

주사의 내용물은, 어디서 구했는지는 몰라도 아마도 마취약인 듯했다.

소년이 눈을 질끈 감고 있는 동안 선생은 분주하게 손길을 움직여 무엇인가를 잘라 내고, 바느질했다. 잘은 몰라도 굉장히 능숙한 솜씨처럼 보였다.

-됐다.

선생은 새로운 붕대를 고정해 주면서 피와 고름투성이가 된 장갑을 벗었다. 함께 챙겨 온 봉투에 그것들을 조심스럽게 챙겨 넣으면서 입을 열었다.

-너무 걱정하지 않아도 돼. 오늘은 이장 허락 맡고 온 거니까.

소년조차도 그 말이 거짓이라는 것은 알 수 있었다.

하지만 그 덕분에 선생에 대한 두려움이 조금이나마 덜어진 것도 사실이었다. 거짓말이라는 것을 알면서도 그 말을 믿고 싶은 모순적인 마음이었다.

-……여기 있으면 안 돼요.
-알아. 하지만 어쩔 수 없었어.
-어서 돌아가요.
-그 전에 몇 가지만 물어볼게.

선생은 소년이 마침내 말문을 연 지금이 기회이다 싶었는지 이것저것을 물어보기 시작했다.

얼마나 이 섬에 있었는지, 이렇게 생활하게 된 것은 얼마나 되었는지. 부모님은 안 계신지, 평소에는 어떤 일을 하면서 지내는지. 마을 사람들 간의 관계나 기타 섬에 대한 모든 것들을.

소년은 망설이면서도 그녀의 질문에 조심스럽게 대답해 주었다.

그가 한마디를 내뱉을 때마다 선생의 얼굴은 더욱 심각한 표정으로 물들어갔다. 세상에 이런 일이 벌어질 수 있다는 게 믿기지 않는 듯한 얼굴이었다.

그렇게 대략 1시간가량, 선생은 이런저런 이야기를 물어본 다음에, 소년의 손에 알약을 쥐여 주면서 자리에서 일어섰다.

-항생제야. 하루에 한 알씩 꼭 먹어야 해.
-어떻게 먹는 건데요?
-충분한 물이랑 삼켜. 네 오른쪽 눈은 돌이킬 수 없지만…… 그래도 다른 부분까지 감염되면 다른 부분까지

심해질 수 있으니까…… 꼭 먹어.

-붕대…….

-응?

-붕대가 바뀐 걸 주인어른이 알면…….

-아.

선생은 뒤늦게 그 사실을 깨닫고는 잠시 고민하다가, 피투성이가 된 붕대를 다시 꺼냈다. 그리고 상처에 닿지 않게끔 유의하며 새로운 붕대 위에 덮었다.

-원래 이것도 좋진 않지만…… 지금은 이러는 수밖에 없겠지.

그러고선 그녀는 몇 가지 주의사항을 일러 주었다.

-오늘 우리가 만났다는 건 아무한테도 말하지 마. 여기 외에서는 날 봐도 평소처럼 지내도록 하고.

-…….

그야 당연한 이야기였다.

소년은 말없이 고개를 끄덕였다.

-나머진 선생님이 알아서 할게.

-…….

-걱정하지 마. 아무 일도 없을 거야.

그렇게 말한 선생은 소년을 한 차례 불끈 껴안아 주고는, 창고에 찾아왔을 때처럼 조용히 자리를 떴다.

선생이 떠난 후, 소년은 선생이 준 알약을 물과 함께

삼킨 뒤 잠자리에 누웠다.

 그러다 문득 자신의 어깨가 조금 젖어 있다는 사실을 깨달았다. 분명 선생이 자신을 껴안기 전에는 없었던 자국이었다.

 -…….

 울고 있었구나.

 뒤늦게 깨달은 사실을 아무런 감흥 없이 중얼거리며, 소년은 그대로 잠에 들었다.

* * *

 그 후, 놀랍게도 선생은 매일 밤 창고에 찾아왔다. 도대체 어떻게 주인어른과 마을 사람들의 눈길을 피한 것인지는 소년으로선 감히 짐작도 할 수 없었다.

 그녀는 매일 소년의 환부를 확인하고, 약을 건네주고, 필요할 때는 추가적인 치료를 해 주었다.

 그 외에도 물티슈나 수건을 가져와 소년의 몸을 닦아 주기도 했고, 몰래 간식 같은 것들을 챙겨 와 먹이기도 했다.

 그것만으로도 소년의 삶에는 커다란 격변이었지만, 무엇보다도 가장 큰 것은 선생이 그를 가르치기 시작했다는 부분이었다.

-학교에 다닌 적이 없다고 했지?

-……네.

-글은 읽을 줄 알아?

-……일단은요.

-그래? 다행이다.

선생은 치료가 끝난 다음에는 어김없이 소년을 앉혀놓고 수업을 했다.

초등학교 1학년 수준의 국어와 수학, 영어였다. 물론 수업에 할애할 수 있는 시간이 많지 않아서 하루에 한 과목, 수업을 듣는 것이 고작이었지만…….

-자, 이 문장 읽을 수 있겠니?

-I have a math exam tomorrow.

-뭐, 뭐야!? 엄청 잘하잖아!

소년은 재능이 있었는지, 남들의 몇 배나 되는 속도로 지식을 흡수해 나갔다. 마치 오랫동안 굶주려 있던 사막의 짐승이, 비가 오자 허겁지겁 물을 빨아들이는 것처럼 말이다.

그 덕에 소년은 머지않아 또래의 아이들과 비슷한 수준의 지식과 학습 수준을 갖출 수 있게 되었다.

물론 소년은 이러한 것들을 배우는 것이 대체 무슨 의미가 있는지 이해할 수 없었지만, 공부 자체가 그에게는 꽤 색다르고 흥미로운 활동이었기에 나름 열심히 그 일에 매진했다.

그렇게 시간은 계속 흘렀고, 소년과 선생은 갈수록 친해졌다.

매일 밤 창고에서 열리는 짧은 비밀수업이 그들의 일상이 되었고, 무엇과도 바꿀 수 없는 소중한 시간이 되었다.

그렇게 소년은 15살 생일이 되었다.

물론 정확한 나이를 알 수 없는 그였기에 15살 생일이라는 것은 선생이 멋대로 정한 것이었다.

-생일 축하해!

-고마워요, 선생님.

선생과 만난 몇 년 동안, 소년의 키는 훌쩍 자라서 선생보다 조금 작은 수준이 되었다. 변성기 때문에 목에서는 조금 쉰 듯한 소리가 나왔고, 코 아래에 거뭇한 솜털 같은 것이 나기 시작했다.

선생은 예년처럼 그런 소년을 축하하며 소설책 한 권을 선물로 주었고, 소년은 그것을 받아 들면서 생일이라는 것은 참 좋은 것이구나 라고 막연히 생각했다.

그런 그때.

선생이 평소답지 않게, 다소 뜬금없는 질문을 던졌다.

-ㅇㅇ아.

-네?

-이 섬에서 나가고 싶지 않니?

그 질문을 듣는 순간.

소년의 마음속에서 화르륵 불길이 일었다.

-…….

소년은 선생에게서 많은 것을 배워 왔고, 자신이 처한 환경이 '정상적이지 않은' 사실도 은연중에 깨달았다.

당연히 바깥세상에 대한 호기심도 넘칠 듯이 일었고, 더 나은 환경에서 살아가고 싶다는 욕구도 생겼다.

그러나 현실은 매정했다.

섬에서의 그의 처지는 조금도 나아지지 않았고, 커다란 현실의 장벽이 그를 막아서고 있었다. 또한 막연한 두려움 역시 그의 발목을 잡는 요인 중 하나였다.

그러나 지금 이 순간.

선생의 한마디가, 꽉꽉 채워 놓은 기름통 같았던 그의 마음에 불씨를 붙였다.

가슴이 들끓었고, 화가 났고, 억울했고, 소리치고 싶어졌다. 그에 소년은 속을 가득 채운 연기를 토해 내듯 간신히 자신의 바람을 읊었다.

-나가고 싶어요.

소년의 대답에 선생은 싱긋 웃었다.

그리고 머지않아, 소년은 자신이 뱉은 그 말을 후회했다.

* * *

마을의 분위기가 이상했다.

무엇이 이상한지는 알 수 없었으나, 소년은 직감적으로 상황이 묘하게 돌아가는 사실만큼은 깨달을 수 있었다.

그러나 소년은 애써 그 위화감을 무시하면서 묵묵히 하루 일과를 마쳤다.

머릿속으로는 어젯밤 선생님이 가르쳐 주었던 수업 내용들을 상기하면서, 그리고 오늘도 선생님이 또 찾아오기를 기대하면서.

그러나 선생님은 오지 않았다.

평년에 비해 무척이나 싸늘한 밤이었다.

칼바람이 창고의 틈새로 쉴 새 없이 새어 들어와서, 겨울옷과 이불을 온몸에 꽁꽁 싸매고 있어도 뼛속까지 한기가 스며드는 듯한 날이었다.

-안 오시네. 추워서 그런가.

날씨 탓에 오늘은 쉬는 걸지도 모른다.

이전에도 선생님 쪽이 컨디션이 안 좋으면 수업을 쉬는 경우가 종종 있었으므로 소년은 별로 특별한 일이라고 여기지 않았다.

하지만 머지않아, 누군가가 창고를 찾았다.

철컥철컥! 벌컥!

자물쇠를 여는 소리만 듣고도 소년은 손님의 정체가 선생님이 아니라는 사실을 깨달았다. 소년은 바짝 긴장하며 문을 바라보았고, 아니나 다를까 찾아온 것은 주인어른…… 아니, 마을 이장이었다.

-무슨 일이십니까?

-따라 나와, 개새끼야!

이장은 다짜고짜 몽둥이를 휘둘러대며 소년을 패더니, 그를 굵은 밧줄로 포박하여 어디론가 끌고 갔다. 코피를 뚝뚝 흘리며 그가 향한 곳은 섬의 깊은 곳에 있는 숲속이었다.

이장은 몇 사람의 마을 어른들을 대동하여 소년을 그곳에 있는 버려진 창고에 집어넣고 밖에서 문을 걸어 잠갔다.

-씨발, 여기서 쥐 죽은 듯이 있어!

그러고서는 자기들끼리 무언가 두런두런 대화를 나누었는데 내용인즉, 이러했다.

선생이 본격적으로 일을 크게 만들었다.

이 섬의 비정상성을 육지 쪽에 까발렸고, 언론사와 본토 경찰 쪽이 물었다. 조만간 이 섬에 외지인들이 우르르 들이닥칠 것이 분명하니, 어떻게든 숨겨야 한다.

-……!

충격적인 소식에 소년은 놀랄 수밖에 없었다.

선생님이 무언가 하실 거라고는 생각했지만, 이렇게 섬 전체를 불태우는 듯한 짓을 하리라고는 전혀 예상치 못했기 때문이다.

그리고 충격적인 이야기는 거기서 끝나지 않았다.

-시발. 어쩐지 수상했어……! 저년이 술자리서 꼬리 살랑살랑 칠 때부터 알아봤어야 했는데 이렇게 뒤통수를 쳐……!?

마을 사람들은 선생님이 소년에게 공부를 가르쳐 주는 것을 모르지 않았다. 알면서도 묵인해 줬을 뿐이었다.

다만 그 대가로 선생은 이장을 포함한 마을 남자들과 잠자리를 가졌다는 것이다. 그리고 이 사달이 나게 된 것은, 선생이 이장의 아이를 가지게 되었다는 핑계로 육지 쪽 산부인과에 들르게 되면서였다고 한다.

선생이 동행했던 감시인을 따돌리고, 그 사이에 몰래 폭탄을 터뜨렸다는 것이다.

-주도면밀한 년이야. ○○이, 저 새끼 데리고 도망칠 준비까지 다 해 놨어. 저년이 섬 뒤편에 세워 놓은 배 못 찾았으면 진짜로 좆될 뻔했어.

선생은 폭탄을 터뜨린 것과 동시에, 섬에 몰래 돌아와서 소년을 구출해 낼 계획까지 세워 두었다고 한다. 하지만 불행히도 그 계획은 탄로나 버렸고…….

―그래서, 그 선생은 어디에?
―아까 못 들었어? 같이 가둬놨다니까!

그제야 소년은 자신이 갇히게 된 창고에서 다른 이의 인기척이 느껴지는 것을 깨달았다. 어두컴컴해서 보이지 않았지만, 소년은 바닥을 더듬더듬 짚어 가며 인기척이 느껴지는 곳으로 다가갔다.

바닥이 미끈거렸다.

그리고 코로 들어오는 진한 쇠비린내.

분명히 피 냄새였다.

그리고 그 피 웅덩이 위에 쓰러진 것은……

선생님이었다.

* * *

삐걱.

무언가가 부서져 가는 소리가 들린다.

그것은 본래부터 망가져 있던 것이었다.

아무렇게나 두드려서 구긴 채로 만들어 낸 철판 같은 물건이었다. 아무 짝에도 쓸모가 없었고, 언뜻 보기에도 기괴한 형상을 취하고 있어서 도저히 손쓸 도리가 없었던 것이었다.

삐걱삐걱.

그러나 선생님께서는 포기하지 않으셨다. 세심한 손길로 기괴하게 구겨지고 뭉쳐 있던 것들을 조금씩 펴고, 부서진 것들을 되돌려주셨다. 이것이 본래 가지고 있던 형상이 어떤 것인지 알려 주셨던 것이다.

삐걱삐걱삐걱.

그것은 소년의 마음이었다.

그리고, 소년의 인생(人生)이었다.

사람으로서 살아가는 것이 무엇인지, 선생님께서 알려 주셨다.

삐걱삐걱삐걱삐걱.

소년은 어둠 속에 쓰러진 형체를 파들거리는 손으로 쓰다듬는다.

다행스럽게도 숨은 아직 붙어 있었다. 미약하고 가늘어서 당장이라도 끊어질 것 같았지만…… 여전히 살아 있었다.

소년은 다급하게 창고문을 두드리며 소리쳤다.

주인 어르신, 여기 사람이 죽어 가고 있다고, 제발 부탁이니 살려 달라고 애원했다.

하지만 소년에게 돌아오는 것은 "눈치도 없는 새끼!"라는 경멸과 모멸이 섞인 욕설뿐이었다.

소년은 다시금 선생님의 용태를 살폈다. 하지만 그런다고 한들 소년이 할 수 있는 것은 없었다.

그에게는 어둠 속에서 축 늘어진 형체를 껴안고 흐느끼는 것이 고작이었다.

죽지 마세요.

죽지 마세요.

제발, 죽지 마세요.

소년은 빌고 또 빌었다.

누구에게 비는 것인가. 그것은 아무도 알지 못했다. 소년 자신조차도 알 수 없었다.

사람이 간절해지면 대상이 누구든 상관없이 기도하게 된다는 사실을 막연히 알게 되었을 뿐이다.

그리고.

삶이 여태껏 그의 손을 들어 준 적은 단 한 번도 없었다는 사실 역시 깨닫게 되었다.

소년의 품에서, 선생님이 더는 숨을 쉬지 않게 되었던 그때…….

삐걱삐걱…….

……뚝.

불안하게 떨리던 '무언가'가 마침내 망가졌다.

-아아아아아아……!

소년의 입에서 괴성이 새어 나온다.

짐승의 것인지, 인간의 것인지 구별이 가지 않는 소리였다. 귀신이 내뱉는 울음소리 같기도 하였다.

―아아아아아아아아아……!

소년은 울부짖었다.

자신의 눈물인지, 누군가의 피인지, 아니면 정체불명의 알 수 없는 오물인지.

무엇도 분간되지 않는 칠흑 같은 어둠과 뜨뜻미지근한 온기 속에서 소년은 울부짖었다.

그러는 사이, 창고 밖의 인기척들이 멀리 사라져 간다. 분명히 이쪽의 상황을 전부 알고 있을 텐데도, 창고 안쪽에는 아무런 관심도 없다는 듯이 천천히 멀어져 간다.

―아아아아아아아아아……!

소년은 계속 울부짖었고, 또 울부짖었다.

자신의 품에 안은 존재의 열기가 완전히 식어 버릴 때까지, 자신의 목이 완전히 쉬어 버릴 때까지 오열했다.

그리고 마침내 모든 것이 싸늘하게 식어 버리며 일말의 희망마저 앗아 가 버린 그때.

―죽여 버리겠어.

소년의 입에서 거친 말이 흘러나왔다.

* * *

소년의 머릿속에서 오래전 그녀와 나누었던 대화가 망가진 레코드처럼 반복된다.

'생일이란 게 뭐예요?'

'태어난 날을 말하는 거지. 매해 자신이 태어난 날을 축하하고, 삶에 감사하는 마음을 되새기는 날이야.'

'태어난 걸…… 감사해야 하나요?'

'그럼! 모든 인간은 축복을 받으면서 태어나는 거야.'

'저도요?'

'당연하지! 그리고 네 삶이 소중한 만큼 다른 사람의 삶도 소중한 거야! 그러니까 목숨을 함부로 대해서는 안 돼. 자신의 것은 물론이고, 다른 사람의 것도. 알겠지?'

사람의 목숨은 소중해.

함부로 생명을 해하면 안 돼.

모든 존재는 축복받아 마땅하니까.

-선생님…….

죄송합니다.

제겐 한 가지 방법밖에 생각나지 않아요.

소년은 밤바람에 싸늘해져 버린 몸을 천천히 내려놓았다.

주변을 더듬거리며 쓸 만한 물건이 없는지 찾아보았고, 머지않아 잡다한 농기구와 정체불명의 포대기들, 공업용 장구류 같은 것을 찾아낼 수 있었다.

아마 마을 사람들도 선생님이 일으킨 소동에 정신이 없어서 미처 치워두지 못한 거겠지. 꽤 오랫동안 사람의 손길에서 벗어나 있다 보니 안쪽에 뭐가 있는지도 미처 파악하지 못한 거다.

운이 좋게도 소년은 구석에서 거대한 슬레지 해머를 하나 발견했다. 그것을 손에 넣은 그가 할 일은 정해져 있었다.

콰앙! 콰앙! 콰앙!

소년은 창고의 콘크리트벽을 있는 힘껏 내려치기 시작했다. 돌가루가 튀면서 사정없이 얼굴을 때렸지만, 이미 추위에 얼얼해진 뺨은 아무런 감각도 느끼지 못했다.

콰앙! 콰앙! 콰앙!

한 시간가량 집요하게 한 곳을 때리자, 소년의 가녀린 몸이 간신히 통과할 만한 구멍이 만들어졌다.

그는 창고에 있던 녹슨 낫 한 자루와 벽을 부순 슬레지 해머를 구멍 사이로 밀어 던지고, 다음에 자신의 몸을 통과시켰다.

─허억…… 허억……!

중노동에 새어 나온 땀이 바깥의 차가운 공기와 만나며 싸늘하게 몸을 식혔다.

평범한 이였다면 살이 에는 듯한 통증을 느꼈을 것이다. 하지만 소년은 아무런 고통도 느끼지 못했다.

─죽여…… 버리겠어…….

창고 탈출에 성공한 소년이 가장 먼저 향한 곳은 마을

의 배들을 대놓은 항구 쪽이었다.

그는 겨울의 매서운 바닷바람에 대비하여 단단히 묶어놓은 배의 훗줄들을 전부 풀어 버렸다.

몇 대는 천천히 바람에 떠밀려서 바다 저 멀리 떠나갔고, 몇 대는 되려 연안으로 밀려왔다. 계속 부두 쪽으로 돌아오는 배들은 어쩔 수 없이 슬레지 해머로 조타석을 모조리 부숴 버렸다.

그후, 소년은 배에 실려 있던 기름통 몇 개를 끙끙거리며 옮겼다. 힘이 달렸기에 슬레지 해머는 어쩔 수 없이 부두에 놔두어야만 했다.

그는 가로등이 비치지 않는 루트를 선정하여 조심스레 마을 쪽으로 발걸음을 옮겼다.

목적지에 도착했을 때, 소년은 마을이 이상하리만치 조용하다는 사실을 깨달았다. 시간은 아직 12였고, 아무리 하루 일과를 일찌감치 마치는 촌사람들이라고 해도 지나치게 조용했다.

그제야 소년은 마을 회관에 불이 켜져 있다는 사실을 발견했다.

자세한 것은 확인해 봐야만 하겠지만, 아마 이번 사태 때문에 마을 사람들이 모두 모여서 회의하는 중인 듯했다.

-잘 됐어.

오히려 기회였다.

소년은 마을 전원이 회관에 모여 있는 틈을 타서 집들을 일일이 확인했다. 마을은 전부 공동체라는 인식 때문에 방법의식이 굉장히 허술했다.

자물쇠가 있음에도 잠가놓지 않은 집들이 많았고, 소년은 아무런 제지 없이 집으로 들어갈 수 있었다.

그리고…….

-역시.

마을 회의에 참가하지 않은 이들이 있었다.

아이들이었다.

회의에 참가하기에는 너무 어린 녀석들은, 부모가 깔아준 따뜻한 담요 위에서 세상모르고 잠들어 있었다. 소년은 한쪽 손에 녹슨 낫을 들고 가만히 그들의 모습을 내려다보았다.

'생명은 소중한 거야.'

선생님의 말씀이 머릿속을 스쳐 갔지만.

이내 아지랑이가 되어 흩어졌다.

그의 머릿속에서는, 자신에게 돌을 던져대던 건방진 꼬맹이들의 모습만이 남아 있었을 뿐이다.

고로 망설임은 없었다.

그 나름의 자비는, 아무것도 모른 채 끝내 주는 것뿐이었다.

그렇게 달빛 아래에서, 붉은 낫이 몇 번이고 휘둘러졌다.

*　*　*

마을에 남아 있던 것들을 전부 처리한 후에, 소년은 마을 회관으로 향했다. 우선은 입구에 이장댁에서 가져온 쇠사슬을 둘러서 아무도 나오지 못하도록 철저히 묶었다.

다행히도 회관 안쪽의 심각한 분위기 덕분에 소년의 작업이 들키는 일은 없었다. 마을 어른들은 육지 쪽 경찰과 언론이 몰려들었을 때 어떡할 것인지에 대해 옥신각신하며 서로 물어뜯을 듯이 언성을 높여댔다.

정말로 잘된 일이었다.

입구를 단단히 틀어막은 뒤에는 기름을 회관 주변에 철저하게 뿌렸다. 역겨운 기름 냄새가 스멀스멀 올라왔지만, 겨울이었던 덕에 그나마 안쪽까지 냄새가 새어 들어갈 일은 없을 듯했다.

그 후, 소년은 기름에 불을 붙였다.

미리 뿌려 놓은 기름 덕분에 순식간에 건물 전체로 불이 번졌고, 시커먼 연기가 하늘로 솟구치기 시작했다.

-이, 이게 무슨 일이여!

-불이다! 불이야아아!!

-빨리 밖으로 나가!!

-무, 문이 안 열린다고요!!

마을 사람들은 뒤늦게 화재를 깨닫고는 밖으로 도망쳐 나오려 했으나, 소년이 입구를 단단히 막아 놓은 탓에 문은 열리지 않았다.

창문으로 탈출하려던 이들도 있었지만 거기에는 소년은 그쪽을 더욱 신경 써서 작업을 해 두었다. 가장 불길이 강한 곳이었기에 쉽사리 뚫고 나오지 못했다.

-여, 여기! 여기로 나가자!

마을 사람들은 자욱해진 연기 속에서 콜록거리며 그나마 불길이 약한 탈출로를 찾아냈다.

마을회관 뒷문이었고, 문의 소재가 나무판자라 아무리 막아도 성인 남성들이 단체로 힘을 실으면 부서지는 곳이었다.

소년은 일부러 거기에는 불을 붙이지 않았다.

괜히 불을 붙였다가 오히려 탈출로를 만들어 주는 꼴이 될 수도 있었으니까.

대신 그는 그곳에서 기다렸다.

마을 어른들이 몸을 들이박아 문을 반쯤 부쉈을 때를 노려, 그는 그 사이로 기름을 흩뿌리고 불씨를 집어던졌다.

끔찍한 비명이 새어 나왔고, 안쪽에서 불길이 솟구쳤다. 그러나 역시 인간의 목숨은 생각보다 질긴 법이었고, 화상을 감수하면서도 어떻게든 밖으로 튀어나온 자들이 있었다.

그제야 그들은 이번 사건의 범인이 소년이라는 사실을 깨달았다. 몇몇 이들은 욕설을 내뱉었고, 몇몇 이들은 용서를 구했지만 소년은 말없이 낫을 휘두를 뿐이었다.

연기를 잔뜩 들이마셔서 숨도 제대로 쉬지 못하는 자들은, 손쉬운 먹잇감이었을 뿐이다.

-살려 줘! 내, 내가 잘못했다……!
-아아아아아아악!

소년은 죽이고, 또 죽였다.

몇 시간을 회관을 태우던 불길이 차츰 잦아든 뒤, 소년은 회관에 혹여나 살아 있는 자가 없는지 확인해 보았다.

대부분은 질식사했고, 운이 좋은 것인지 나쁜 것인지 모를 자들 몇 명이 회관 구석방에서 심각한 화상을 입은 채 고통을 호소하고 있었다.

소년은 그들도 용서하지 않았다.

* * *

그렇게 후환이 없도록 철저하게 마무리를 지은 후에, 소년은 이장의 시체에서 열쇠를 찾아내어 숲속 창고로 돌아갔다.

덜컹.

굳게 잠겨 있던 문이 열리고, 소년은 그 안에서 선생님의 몸을 업고 나왔다.

생각보다 무거워서 몇 번이고 엎어졌지만, 소년은 포기하지 않고 걷고 또 걸어서 선생님과 가장 많은 시간을 보냈던 이장댁의 창고로 이동했다.

그리고 그곳에서, 선생님의 몸을 끌어안은 채 멍하니 동이 트는 모습을 지켜보았다.

하루, 이틀.

소년은 아무것도 먹지 않고 멍하니 시간을 흘려보냈다. 그리고 사흘째가 되던 날, 소년의 앞에 누군가가 다시금 찾아왔다.

육지에서 온 사람들이었다.

* * *

섬에서 일어난 사건은 육지에서 대서특필되어 나라 전체를 시끄럽게 만들었다. 소년은 그 소용돌이의 중심에서 법정과 구치소를 오가며 살인혐의에 대한 조사를 받았다.

소년은 모든 혐의를 시인했다.

자신이 50여 명 되는 마을사람들과 아이들을 전부 죽였다고 밝혔다. 그리고 15년간 견뎌왔던 자신의 삶에 대해서도 가감 없이 밝혔다.

무려 50여 명을 죽인 중죄였다.

하지만 나이가 어리다는 점과, 소년의 진술이 동정여론을 얻은 덕분에 엄청난 감형을 얻게 되었다.

본래라면 무기징역을 받아도 이상하지 않았을 건이지만, '참작 동기 살인'을 인정받아 최종 5년을 선고받았다.

소년은 섬이라는 감옥에서 탈출하자마자 다시금 감옥에 갇혀야만 했고, 성인이 되어 바깥세상으로 나올 수 있었다.

그의 사정을 알았던 시민들이 소년의 출소 소식을 듣고는 도움의 손길을 내밀어 주었다. 금전적인 지원을 해 주기도 하고, 머물 곳을 내주기도 했다.

소년은 그들의 도움 덕분에 검정고시를 치를 수 있었고, 대학에도 발을 담가 볼 수 있었다.

그러나 소년은 도중에 모든 것을 그만두었다.

그리고 적당한 일용직 직장을 얻어 일하며 연명해 갔다. 다만 거기에는 어떠한 욕구도 없었고, 다만 의식주라는 동물로서 삶을 이어 나가기 위한 기계적인 판단일 뿐이었다.

-'자신을 소중히 대해야 해.'

사실은 죽으려고도 여러 번 생각했다.

하지만 막상 실행에 옮기기가 두렵기도 했고, 선생님이 오래전에 내뱉었던 그 한마디가 족쇄가 되어 소년이 목숨을 끊는 것을 막아 세우고 있었다.

-'세상에는 재미있는 게 무척이나 많단다.'

-'너무너무 삶이 힘들더라도, 저녁에 먹는 맛있는 한 끼가, 사람의 눈물을 쏙 빼놓는 드라마 한 편이, 내일도 살아갈 용기를 주는 거야.'

그게 정말인가요, 선생님?

이 세상은, 당신이 말한 것만큼 재미있지는 않은 것 같아요. 계속 찾으려고 노력은 하지만, 모든 것이 무미건조해요.

말씀하셨던 것들도 배워 보고, 여행도 가 보고, 드라마나 영화도 질릴 만큼 봤지만 그렇게까지 와닿지는 않았어요. 무엇을 해도 마치 말라비틀어진 풀떼기를 씹는 것 같은 기분이에요.

차라리 섬에 있었을 때가 나았던 거 같아요.

제가 나가고 싶다고만 하지 않았으면, 선생님이 계속 제 곁에 계셔 줬을까요?

보고 싶어요, 선생님.

* * *

소년은…… 아니, 청년은 또다시 눈을 뜬다.

직장도 그만두고, 모아 둔 돈을 조금씩 깎아먹으며 간

신히 연명해 갔다. 아무것도 없는 삭막한 집안 풍경은 이제 익숙해질 만큼 익숙해졌다.

 소년은 습관처럼 TV와 컴퓨터를 켜고, 멍하니 가상세계를 헤엄친다. 수많은 콘텐츠가 넘쳐 나는 홍수 속에서, '이번만큼은 다르겠지'라는 기대를 품고 끊임없이 찾아 헤매지만 만족스러운 결과를 찾은 적은 없었다.

 그러나 그날만큼은 달랐다.

 우연히 발견한 한 편의 웹소설.

 [오랜만에 올려다본 하늘은 노이즈가 지직거리는 TV의 색이었다.] 라는, 어떤 소설을 오마주한 문장으로 시작하는 미래세계를 그린 그 소설은.

 그렇게 불현듯 소년의 삶에 찾아온 것이었다.

2장

 소년은 강해지고 싶었다.

 자신에게 강한 힘이 있었다면 그러한 일은 벌어지지 않았을 것이다. 자신은 물론 자신이 소중하게 여기는 이를 해하려는 자들을 막을 수 있었을 것이다.

 소년은 아름다운 얼굴을 원했다.

 주인에게 얻어맞아 한쪽 얼굴이 함몰되어 버린 비참한 얼굴이 아닌, TV에서 나오는 연예인들처럼 번듯하고 아름다운 외형을 갖고 싶었다.

 그랬다면 사정을 모르는 사람들이 자신을 바라보며 수군대지 않았을 테니까.

 소년은 돈이 필요했다.

 살아가기 위해선 돈이 필요하다는 것은 상식이었다. 그

는 선한 의도로 자신에게 도움의 손길을 내밀었던 사람들조차 고작 '돈' 때문에 악마로 전락해 버리는 모습을 여러 번 목격해 왔다.

돈이 있고 없음에 따라 사람은 얼마든지 선해질 수도 사악해질 수 있음을 깨달았다.

그 모든 게 필요했고.

소년은 &!#$!@가 되길 원했다.

* * *

"아아……."

작은 탄식과 함께, 아이리는 천천히 눈을 떴다.

창문을 통해 들어온 빛이 커튼을 거쳐 은은하게 방을 밝히고 있었다. 풀내음 섞인 산들바람이 기분 좋게 불어오며 그녀의 앞머리를 살짝 흔들었다.

"여…… 기는……?"

자신의 방이 아니라는 사실만큼은 알 수 있었다. 낯선 분위기에 당황하는 것도 잠시, 방을 채우고 있는 익숙한 향기에 깨달았다.

아, 이사장님 방이구나.

이상한 곳에 잡혀 온 것은 아니구나.

그 사실에 안도하는 것과 동시에, 그녀의 눈에서 눈물

이 주르륵 흘러내린다.

 마치 오랫동안 막혀 있던 둑이 터진 것처럼 주체할 수 없을 만큼의 눈물이 흘러내렸다.

 왜 우는 것인지는 자신조차 알 수 없었다.

 다만 너무나도 슬플 뿐이었다.

 머릿속을 헤매는 이름을 알 수 없는 소년과 불타 버린 섬마을의 이미지 속에서…… 그녀는 양손으로 얼굴을 가린 채, 속수무책으로 쏟아지는 눈물을 받아 낼 뿐이었다.

* * *

 그녀가 눈물을 그친 것은 대략 30분 정도 이후의 일이었다.

 정체불명의 이미지들이 서서히 머릿속에서 사라져 갈 때쯤이 되어서야 그녀의 감정도 진정되어 갔다.

 "후우……."

 그녀는 그제야 침대에서 몸을 일으켜 천천히 방을 확인했다.

 킹사이즈의 침대에는 새하얀 이불이 너저분하게 흩어져 있었다. 그녀 본인이 잔 흔적이다.

 묘한 부끄러움을 느낀 그녀는 이불과 베개를 가지런히 정리했다.

다만 베갯잇이 잔뜩 젖은 부분은 그녀로서도 어찌할 수 없었다. 자각은 없었지만 아마 잠들어 있던 동안에도 계속 울었던 거겠지.

침대 정리를 마치고서 커튼을 걷어 보자 태어나서 한 번도 본 적이 없는 풍경이 눈에 들어왔다.

"우와……."

푸르른 초원과 숲이 펼쳐져 있었다.

뉴 발할라 시티에 이런 곳이 있었던가? 혹시 연출된 화면 같은 거 아닐까?

그런 생각에 창문을 열어젖히자 싱그러운 풀냄새가 강렬하게 그녀의 코를 파고들었다.

전부 진짜였다.

그제야 아이리는 이곳이 도시 최상위 1%…… 아니, 0.1%만을 위해서 세워진 공중도시, '엘리시움'라는 사실을 알아차릴 수 있었다.

그 놀라운 광경에 시선을 빼앗긴 것도 잠시, 그녀가 있던 방에 스르륵 가정용 로봇 한 대가 문을 열고 들어왔다.

[아이리 앨리스밸 양.]

"응?"

[주인님께서 기다리고 계십니다. 준비를 마치시고 식당으로 와 주시길 바랍니다. 손님용 샤워실은 저쪽입니다.]

"아, 미안. 얼른 정신 차릴게."

그러면서 아이리는 서둘러 로봇이 안내해 준 샤워실로 향했고, 빠르게 목욕을 마쳤다. 그 후 객실에 붙어 있는 드레싱룸에서 옷을 갈아입고, 몇 번 정도 거울을 보며 확인한 후에 조심스레 거실로 나왔다.

"와……!"

객실의 넓이와 상태를 봤을 때부터 얼추 짐작은 했지만, 정말이지 어마어마한 저택이었다. 넓이는 말할 것도 없었고, 무채색 계열로 깔끔하게 장식된 인테리어가 무척이나 인상 깊었다.

'이사장님은 이런 스타일을 좋아하시는구나.'

아카데미에 있는 사무실도 대체로 이런 느낌이었지.

너무 삐까뻔쩍하게 화려한 것보다는 깔끔한 스타일. 맨날 비슷한 스타일의 검은 정장을 입는 것도 그런 취향이 반영된 것이리라.

로봇의 안내를 따라 식당으로 이동하자, 검은색 의자에 아론이 길쭉한 다리를 꼰 채 앉아서 홀로그램 전자신문을 읽고 있었다.

"어서 와라."

"아, 안녕히 주무셨어요?"

아이리의 안부인사에 아론은 고개만 살짝 끄덕이고는 전자신문 쪽으로 눈을 돌렸다. 그의 접시가 비어 있는 것을 보니 이미 식사를 마친 모양이었다.

아이리가 자리에 앉자 로봇이 바퀴를 열심히 굴려서 미리 준비해 두었던 음식들을 주방 쪽에서 서빙해 주었다. 메뉴는 갓 구운 토스트와 계란, 샐러드와 생과일주스, 우유와 소시지.

아이리는 차려지는 음식들을 보며 중얼거렸다.

"조금 의외네요."

"……뭐가 말이지?"

"평소 기숙사 식당에서 나오는 거랑 별로 차이가 없어서요. 이사장님은 아침 식사로 뭔가 더 특별한 걸 드실 것 같았거든요."

"특별한 거?"

"음, 100% 와규 스테이크 같은 거?"

"'특별한 음식=스테이크'라는 점이 굉장히 서민다운 발상이군. 아침부터 스테이크를 먹는 사람이 어디 있나."

"그, 금가루도 뿌린 거요."

"금에는 아무런 맛이 없다. 식용 금은 그야말로 졸부나 할 법한 발상이지."

"치이……."

아론의 지적에 아이리는 입술을 삐죽 내밀었지만, 이내 향긋한 음식 냄새에 기분을 풀고 포크와 나이프를 잡았다.

그녀가 차분히 식사를 시작하자 이번엔 아론이 먼저 입을 열었다.

"숙취는 없는 모양이군."

"그러고 보니 그러네요? 좋은 술을 마셔서 그럴지도요. 솔직히 오늘 눈을 못 뜰 각오도 하고 마셨는데…… 의외로 저 술이 세네요."

"……."

"왜, 왜 그런 눈으로 보세요?"

"……아니다."

"왜 그러냐니까요!?"

"기억나지 않으면 됐다. 노파심에 말해 두지만, 넌 위스키 한 병 이상은 마시지 않은 게 좋을 거다."

"그러니까 무슨 일이 있었는데요!?"

얼마나 인사불성이 되었으면 아론이 자신을 아카데미로 데려다놓는 게 아니라 자신의 저택으로 데려왔을까.

'자, 잘은 기억 안 나지만 뭔가 부끄러운 짓도 많이 한 것 같은데…….'

아이리가 속으로 끙끙거리며 기억을 떠올리려고 할 때, 아론은 곧장 화제를 돌렸다.

"네가 도통 일어날 생각을 하지 않아서 아카데미 복귀 일정은 미뤄 두었다. 오늘 저녁 6시까지만 들어가면 문제없을 거다."

"어…… 지금 몇 시죠?"

"오전 10시."

"아침이 아니라 브런치였네…… 이것만 먹고 바로 복귀할게요."

"아니. 그럴 필요는 없다. 이왕 이렇게 된 김에 오늘 한번 가 보도록 하지."

"어딜요?"

"에버하트 부부의 집."

"……!"

"반응이 좋지 않군."

아론은 아이리의 얼굴을 쳐다보더니 무심한 듯 중얼거렸다.

"아직 준비가 안 됐다면……."

"아뇨, 괜찮아요."

순간 묵직한 돌덩이가 위장에 떨어진 것 같은 기분이 들었지만, 다행스럽게도 이제 눈물은 나오지 않았다.

사람은 적응의 동물이라고, 이제는 슬슬 익숙해질 때도 되었다. 언제까지고 계속 같은 건으로 힘들어할 수는 없겠지.

"한번 가 볼 때가 됐죠."

* * *

식사를 마친 후, 아이리는 아론과 함께 비행형 자동차

에 몸을 실었다. 서서히 차체가 공중으로 떠오르자, 이내 엘리시움의 전경이 눈에 들어왔다.

"살면서 엘리시움에 와 볼 수 있을 거라고는 생각도 하지 못했어요."

"들어오기 힘든 곳이기는 하지."

하늘을 나는 자동차가 있는 세상이지만, 대기권 중에서도 성층권에 위치한 엘리시움에는 함부로 들어 올 수 없다.

엘리시움은 도시 전체가 투명한 에너지 방어벽으로 다양한 외부 위협에서 보호되고 있는데, 그 에너지 방어벽을 유지하는 데에만 매년 수십 억 단위의 크레딧이 들어간다.

하지만 그 덕분에 엘리시움은 외부 대기의 흐름이 어떠하든 1년 365일 온화하고 살기 좋은 환경을 유지하고 있었다. 그러한 이유로 지상에서는 찾아보기 힘든 진짜 나무나 풀도 엘리시움에서는 무성하게 자라고 있었다.

어쨌건, 엘리시움과 뉴 발할라 시티를 오가기 위해서는 전용 엘리베이터를 이용해야만 했다. 엘리베이터라고는 해도 외부에서 보면 마치 거대한 기둥이 서 있는 것처럼 보였다.

[신원 확인되셨습니다. '아론 스팅레이' 님. '아이리 앨리스밸' 님 통과하셔도 좋습니다.]

수직 엘리베이터의 입구에는 단단히 무장한 안드로이드들이 지키고 서 있었다. 그들에게 신원검사를 받은 뒤에야

두 사람이 탄 차는 엘리베이터 안으로 들어갈 수 있었다.

"지, 지금부터 내려가는 거죠? 긴장되네요."

"이미 한번 타 봤지 않나."

"그야 올라올 땐 자고 있었잖아요."

"……."

"왜, 왜 그러는데요. 뭐예요, 그 표정은……."

"……아무것도 아니다."

"아니, 진짜 내가 뭘 했는데 그러는데요!?"

"……기억하지 못한다면 됐다."

"이씨, 내가 떠올리고야 만다!"

아이리는 입술을 깨물며 기억을 떠올리려고 애썼다.

그러는 사이 두 사람이 탄 차가 전용 트랙에 고정되었고, 터널을 따라 빠른 속도로 하강하기 시작했다.

우우우우웅―!

어떤 원리인지는 알 수 없었으나 하강하고 있음에도 '낙하한다'라는 감각은 거의 없었다. 약간의 부유감이 느껴지긴 했으나 전혀 불쾌하지 않았고, 소음도 거의 들리지 않았다.

되려 편안하기까지 한 승차감 덕분에 아이리는 자신의 생각에 집중할 수 있었다. 그리고 얼마 지나지 않아, 떠올리는 데에 성공했다.

섬과 소년의 이미지였다.

오늘 아침, 그녀를 울게 했던 그 이미지.

"어……?"

직접 보았던 것은 아니지만, 이상하리만치 생생한 광경이었다. 그러다 얼마 지나지 않아 그 이미지가 걷히더니, 어젯밤 술집의 풍경과 아론의 얼굴이 되살아났다.

취해서 반쯤 곯아떨어진 자신의 모습과, 그런 자신을 향해 혼자서 술을 홀짝이며 허심탄회하게 이야기를 털어놓는 아론의 모습.

서서히 되살아나는 기억에 아이리는 화들짝 놀라며 아론의 얼굴을 돌아보았고-

"이, 이사장님 제가 꾼 꿈일지도 모르는데…… 호, 혹시……."

덜컹!

아이리가 무어라 입을 열기 직전, 차량이 멈추었다. 뉴발할라 시티 A섹터에 위치한 승강장에 도착한 것이었다.

그리고 그와 동시에.

철컥, 철컥, 철컥, 철컥!

난데없이 파워드 아머로 무장한 병사들이, 두 사람이 탑승한 차량 주위를 둘러싸기 시작했다. 아이리는 이것이 무슨 상황인지도 이해하기 전, 반사적으로 모듈을 활성화시키며 차량에서 뛰쳐나가려 했으나…….

"그만둬라."

아론이 그녀를 막아 세웠다.

아이리는 잠시 아론의 생각을 이해할 수 없어서 의아해 했으나, 이내 자신들을 둘러싼 군인들의 파워드 아머에 스팅레이 마크가 붙어 있는 것을 깨달았다.

"이게 대체 무슨……!"

"올 것이 온 것뿐이니 걱정하지 마라."

"네?"

아론은 슬며시 운전석의 창문을 내렸고, 군인들의 틈으로 양복과 선글라스 차림의 사람들이 다가와 아론에게 고개를 숙여 예를 표했다.

"안녕하십니까, 아론 스팅레이 이사장님."

"……칼리아 짓인가?"

"네. 칼리아 사장님께서 뵙고자 하십니다. 무례인 것은 압니다만, 연락이 좀체 닿지 않아 급한 대로 이렇게……."

아론은 상대의 말이 채 끝나기도 전에 싸늘한 한마디를 내뱉었다.

"꺼져라."

* * *

누군가가 말했다.

스팅레이 그룹은 돈으로 이루어진 예술 작품과도 같다, 라고.

실제로 각 분야의 경제전문가들이 세심하게 한 땀 한 땀 만들어 낸 거미줄 모양의 순환출자 구조…… 8개의 상장계열사와 96개의 비상장 계열사, 그리고 각 계열사를 잇는 55,241개의 연결고리를 보고 있자면 그야말로 감탄이 나올 수밖에 없다.

홀로그램 및 고급 영상 기술 개발을 담당하는 '스팅레이 크로매틱스(Stingray Chromatics)'.

혁신적인 스타트업과 미래 기술 분야의 벤처기업에 투자하는 '스팅레이 벤처 캐피탈(Stingray Venture Capital)'

스마트 시티 기술과 도시 인프라 혁신, 외부 콜로니 도시 건설에 집중하는 '스팅레이 어반텍(Stigray Urbantech)'

군사용 로봇 및 자율 전투 시스템 개발의 선두주자인 '스팅레이 로보틱스(Stingray Robotics)'.

TV, 세탁기, 전자패드, 냉장고 등 실생활에 필요한 다양한 전자제품을 만들어 내는 '스팅레이 전자(Stingray Electronics)'.

연예, 미술, 공연, 방송, 패션 등의 다양한 분야에서 사람들에게 다양한 볼거리와 즐거움을 선사하는 '스팅레이

엔터테인먼트(Stringray Entertainment).'

민간용 사이버웨어 및 재활 기기, 다양한 라이프케어를 담당하는 '스팅레이 뉴라이프 임플란트(Stingray Newlife Implant)'.

그리고 종종 '본사(本社)'라고 불리우며, 스팅레이 그룹의 순환출자 구조에서 가장 핵심적인 역할을 담당하는 계열사. 그룹 내에서도 가장 큰 시가총액을 자랑하며, 방산기술과 보안을 담당하는…… 말하자면 '황제의 옥좌'가 자리한 그곳.

'스팅레이 미스테릭 테크노모듈스(Stingray Myteric Technomodules)'.

드레이크 스팅레이 회장은 '미스터리 테크모듈스'의 지분 19%와 기타 계열사의 지분을 확보하는 것을 통해 전체 그룹의 약 2.5%의 지분만으로 황제로 군림하게 되었다.

"말하자면 아버님이 들고 계신 '테크모듈스'의 지분 19%만 넘어설 수 있으면 황제가 될 수 있다는 의미군요."

"맞습니다. 물론 그것만으로는 부족하겠지만, 충분한 위협은 될 수 있을 테지요."

칼리아의 경제 자문이 그녀에게 설명했다.

"현재 칼리아 사장님께서 스팅레이 엔터테인먼트와 함

께 물려받으신 지분은 8%. 이사진들과 소액 주주들을 설득하셔서 확보하신 지분이 9%입니다. 그리고……."

"현재까지 17%. 나머지 부족한 지분은 외부 투자자들과 개인 자금을 통해 확보 중이라는 거죠?"

"그렇습니다. 중개인들을 통해서 최대한 비밀리에 3% 정도는 본래 가격으로 매입할 수 있었습니다. 도중에 뉴스 보도로 인해 주가가 급격히 오르면서 다소의 손해는 봤습니다만 이 정도면 패는 충분히 갖추었다고 볼 수 있죠."

스팅레이 회장의 19%와 칼리아의 20%.

보유 지분 자체는 이미 칼리아가 넘어섰지만, 칼리아는 영혼까지 끌어모아서 만든 수치가 20%라는 점이 영 불안한 요소였다.

회장 측이 외부 투자자나 전략적 파트너를 내세워서 추가 자원을 확보하거나, 200년 가까이 쌓아 온 인맥이나 기타 방법을 동원하여 방어전에 나선다면 1% 정도의 우위 따위는 얼마든지 뒤집힐 수도 있다.

고로 칼리아에게 있어 이것은 황제의 자리를 빼앗기 위한 '반란'이라기보다는 '증명'에 가까웠다.

이 정도면 충분히 능력을 보였고, 자격을 증명하지 않았나요, 아버님. 아무것도 증명한 적 없는 오라버니보다는 자신이 차기 회장으로 적합해요. 나를 봐주세요. 내가 능력을 발휘하면 이 정도는 할 수 있어요! 라고 말하는 셈이다.

허나 이렇게까지 준비했음에도 그녀의 오라버니, 아론 스팅레이의 존재는 가장 큰 변수였다.

스팅레이 회장을 확실하게 위협하고, 혹은 동등한 거래의 대상으로 만들기 위한 계열사 인수작업은 아직도 진행 중이었다.

몇 개월에 걸친 준비라고는 하지만 워낙에 커다란 움직임이었기 때문에, 당연히 이는 시장에도 반향을 일으켰다.

최대한 비밀리에 움직이려고 했지만 어쩔 수 없이 계열사 주식도 전체적으로 오르면서 칼리아의 자금도 슬슬 바닥을 보이기 시작했다.

지분 확보 최소 목표치인 20%는 달성이 확실시되었지만, 마음 같아서는 적어도 2%에서 많게는 5% 정도는 더 넉넉하게 보유해두고 싶어 최근에도 여러 은행과 타 기업 총재들과 만나는 중이었다.

칼리아는 이런 상황에서 아론이 어떤 식으로든 반격해오지 않을까 예의주시하고 있었지만, 몇 개월째 그는 별다른 반응이 없었다.

추적자를 붙여서 일거수일투족을 감시해 보아도 평소와 다를 바 없는 일상생활을 보내고 있었으니, 이 양반이 혹여나 다른 꿍꿍이는 없나 혼자 마음 졸이면서 끙끙대는 중이었다.

"후우…… 그래서, 오라버니는요?"

"아론 스팅레이 이사장은 여전히 별다른 움직임이 없습니다. 아론 이사장이 지닌 지분을 확인해서 몇 번이나 다시 계산해 보았지만, 14%에 불과합니다."

총합 14%.

칼리아의 20%에는 미치지 못한다.

고작 6%라고 할 수도 있겠지만, 그 금액이 수천억 크레딧에 달한다면 결코 쉽게 메울 수 없는 격차였다.

칼리아의 경제자문은 식은땀을 삐질 흘리면서 설명을 이어 나갔다.

"물론 회장님께서 아론 이사장님과 손을 잡고 주주투표에 영향력을 행사하신다면 조금 문제가 될 수는 있겠습니다. 이럴 때에 대비해서……."

"아뇨. 그 상황은 크게 걱정하지 않으셔도 돼요. 절대 아닐 테니까."

칼리아는 단언했다.

스팅레이 회장은 절대 그럴 인간이 아니다.

그는 자식들끼리 싸움 붙이기를 좋아하는 인간이다. 그런 사람이 자신의 자리를 지키기 위해서 장남에게 손을 내밀 리가 없었다.

"아버님은 지금 상황을 자신의 위기로 여기지도 않고

계실 거예요. 정말로 그랬다면 애초에 제가 계열사를 인수하는 것조차 불가능하게 막아 세웠겠죠. 그러고도 남을 분이 그러지 않았다는 것은, '할 수 있을 만큼 해 봐라'라는 뜻이죠."

"하지만 칼리아 사장님……."

"아뇨, 토 달지 마세요. 이것만큼은 제가 정확해요. 아버님은 저와 오라버니 사이에서 철저하게 심판 역할만 하실 거예요. 그러다가 어느 쪽의 승리가 확실시되면 그쪽의 손을 들어 주는 게 전부인 거죠. 그냥 당신들은 기한 내로 어떡하면 조금이라도 지분을 더 확보하고 투표권을 더 행사할 수 있을지만 궁리해 주세요."

"……알겠습니다. 추가로 한 가지 더 말씀드릴 부분이 있습니다."

"말해 보세요."

"아론 스팅레이 이사장이 지닌 모듈들의 소유권에 대한 이야기입니다."

"……?"

뜬금없는 이야기에 칼리아는 고개를 갸웃거렸다.

"그 이야기가 지금 왜 나오죠?"

"자세히 알아본 결과, 아론 스팅레이 이사장이 현재 보유 중인 모듈의 소유권이 오롯이 이사장 본인에게 있지 않았었다는 사실을 알았습니다."

"과거형이로군요?"

"네. 작년, 아론 이사장이 병상에서 일어난 직후 개인 계좌를 털어 모듈들의 소유권을 전부 구매한 내역을 발견했습니다."

"1년이나 지난 이야기를 이제 와서 꺼내는 이유가 뭐죠? 너무 늦게 알아냈잖아요."

"죄송합니다만, 사장님. '미스테릭 테크노모듈즈'에서 아론 스팅레이 이사장에 대한 정보는 무척이나 극비사항입니다. 그 사실을 알아내는 것도 상당히 어려웠습니다."

"뭔가 할 말이 있는 모양이군요. 질질 끌지 말고 본론을 말씀하세요."

"이건 기회입니다."

경제자문의 말에 칼리아는 미간을 찌푸렸다. 이 인간이 대체 무슨 이야기를 하는 것인지 이해할 수 없었다.

"기회?"

"말하자면 현재 '스팅레이 미스테릭 테크노모듈즈'와 '아론 스팅레이'와의 관계성이 완전히 끊겼던 겁니다."

"아……!"

그제야 칼리아는 무슨 이야기인지 이해할 수 있었다.

아론이 모듈 소유권을 가져갔다는 것 자체는 나쁜 소식이다. 비유하자면 평소 탱크를 대여하여 사용하던 사람이, 완전히 그 탱크를 구매했다는 것이니까.

칼리아의 본래 계획 중 하나는 '테크노모듈즈'의 지분을 인수하여 아론의 모듈 소유권까지 빼앗으려는 것이었지만, 그것은 애초부터 불가능한 일이었다는 것이 밝혀진 것이다.

다만 그것과는 별개로.

아론 스팅레이와 '테크노모듈즈'의 연관성은 작년 초에 끊겼다. 바꿔 말하자면 아론은 더 이상 스팅레이의 '최종병기' 같은 것이 아니었던 것이다.

"그럼 어째서 지금까지……?"

"아론 이사장은 그 무력만으로 상당한 상징성을 지닌 인물입니다. 그에 대한 모듈 임차계약이 끝났다는 것만으로도 회사 이미지에 금이 가도록 만들 수 있죠."

"일부러 숨겼다는 이야기군요. 이제야 밝혀낸 이유도 그 때문인가요?"

"네."

경제자문은 고개를 끄덕였다.

"적당한 타이밍에 이 정보를 풀면 일시적으로 주가를 떨어뜨릴 수 있을 겁니다. 그렇게 되면 추가적으로 지분을 확보할 수 있을 거고요."

물건에 대한 이미지를 깎아서 일부러 값이 싸지게 만든 다음 대량으로 구매한다는 전략이다. 현재 조금이라도 더 지분을 확보하려는 칼리아로서는 나쁘지 않은 선택지였다.

'이건 예상치 못하셨군요, 오라버니.'

본사의 영향력에서 벗어나기 위한 나름의 발버둥이었겠지만, 결과적으로 그것이 칼리아를 도와주는 한 수가 되고 말았다.

물론 그가 멍청해서는 절대 아니다. 세상 대체 누가 1년 뒤의 상황을 예측할 수 있겠는가.

"그래서, 그 전략을 쓰면 얼마나 더 살 수 있죠?"

"시뮬레이션 결과 적게는 3%에서 많게는 7%까지 더 확보할 수 있을 듯 보입니다. 상당히 리스크가 있는 시도이긴 합니다만……."

"괜찮아요. 바로 준비하고 타이밍에 맞게 실행하도록…… 아니, 잠깐."

칼리아는 말을 도중에 멈추었다.

"아뇨. 잠시 이 계획은 미뤄 두도록 하죠."

"어, 어째서입니까?"

"아버님이랑 오라버니가 계속 가만히 잠자코 있는 게 영 껄끄러워요. 정면으로 맞붙고 싶지 않아요."

그녀가 항상 걱정하는 것은, 아론 스팅레이가 법이고 규칙이고 뭐고 다 무시하고서 전쟁에 나서는 일이다. 하물며 쥐도 궁지에 몰리면 고양이를 문다는데, 그 미형의 괴물은 어떠하겠는가?

물론 칼리아도 믿는 구석은 있었다.

본사의 이사진들을 포섭하면서 들었던 '그분'의 존재. 그 힘이라면 아론 스팅레이는 물론 스팅레이 회장에도 충분히 맞설 수 있겠지.

하지만 결국 칼리아는 직접 만난 적도 없는 존재에게 의지하는 스타일은 아니었다. 설령 '그분'이 자신을 도와준다고 해도, 아론이 마음먹고 칼리아에게 복수하겠다고 나서면 자신은 죽은 목숨일 테니까.

가급적 평화적인 해결책을 찾고 싶었다.

"일단은 평화적으로 가 보려고요."

"구체적으론 어떡하실 겁니까?"

"마무리를 짓기 전에 제대로 마주해 봐야죠. 일단 준비만 해 두시고 오라버니와의 협상이 결렬되었을 때 움직이도록 하죠."

"사장님의 뜻이 그러하시다면 그리 준비하겠습니다."

경제자문은 뜻을 받들겠다는 듯이 고개를 숙였고, 칼리아는 곧장 비서에게 통화를 걸어 지시했다.

"오라버니와 만날 약속을 잡아 주세요."

3장

"꺼져라. 두 번 말하지 않는다."

운전대를 잡은 손을 놓지 않은 채, 아론이 차갑게 경고했다.

하지만 그를 둘러싼 병력들은 꼼짝도 하질 않았다. 물론 깍듯하게 예의를 차리고는 있지만, 그의 말을 들을 생각은 없어 보였다.

"아론 이사장님."

선글라스와 양복 차림의 통솔자가 강단 있는 목소리로 말했다.

"다시 한번 말씀드리겠습니다. 칼리아 사장님께서 이사장님과 만나 뵙고자 하십니다."

"……"

아론은 미간을 살짝 찌푸리며 통솔자 쪽으로 고개를 돌려 상대를 훑어보았다. 그리고서는 차량을 둘러싼 녀석들의 기색을 면밀하게 훑는다.

놈들은 긴장한 기색이 역력했다.

물론 그들도 이 정도 병력으로 아론을 막을 수 있으리라고는 생각지 않을 것이다. 다만 그럼에도 불구하고 조금도 물러설 생각은 없어 보였다.

"……믿는 구석이라도 있는 모양이지?"

"…….'

"소속과 이름."

"……예?"

"귀가 먹었나?"

아론이 되물은 그 순간이었다.

아론과 아이리, 두 사람이 탄 차량을 둘러싼 병사들이 일제히 바닥으로 쓰러졌다. 마치 보이지 않는 바윗덩어리라도 위에서 떨어진 듯한 움직임이었다.

"커, 커허어어억……!?"

"칼리아가 네놈들을 꽤 신임하는 모양이지? 그렇지 않고서야 감히 내 앞에서 그딴 태도를 보일 수 있을 리가 없지."

"허, 허어어……!!"

아론은 정면으로 다시 시선을 돌렸다.

그들과 눈을 마주치지도 않은 채, 이상할 건 아무것도 없다는 듯이 담담하게 말을 이어 나간다.

"호랑이 한 마리 권세를 등에 업으니 세상이 자기 것처럼 느껴지나? 평소 저 흔해 빠진 정치꾼들이나 여타 기업 총수 나부랭이들 대하듯 나를 상대해도 된다고 생각했나? 어차피 패배하고 물러날 자라고 여겼나?"

"그, 그렇지 않습-!"

"우습군."

쿠우웅!

그의 한마디에 병사들의 몸이 더욱 강하게 짓눌리기 시작했다.

파워드 아머를 입은 자들의 몸에서 뿌드득뿌드득 금속이 휘어지는 소리가 나기 시작했다. 몇 명의 몸은 이미 아스팔트를 뚫고 바닥으로 조금씩 파고들기 시작했다.

그들은 이해할 수가 없었다.

대체 무엇이 자신들을 짓누르고 있는 것인가.

온몸의 뼈마디가 비명을 질렀고, 숨을 쉴 수가 없었다. 그들 역시 대체율이 상당히 높은 편인 적응자였으나, 아무리 힘을 써 봐도 꼼짝도 할 수 없었다.

"칼리아에게 가서 전해라. 방해하지 말고 얌전히 기다리라고. 때가 되면, 혹은 내가 내키면 알아서 만나러 갈-."

[거기까지 하세요, 오라버니.]

그 순간 어디선가 여성의 목소리가 들려왔다.

다름 아닌 칼리아의 목소리였다.

조금 전까지 아론에게 말을 걸고 있던 직원의 품에서 흘러나온 홀로그램 장치가 영상을 재생하기 시작한 것이었다.

"칼리아."

[저희 직원들이 무례를 범했다면 사과드릴게요. 그러니 이만 용서해 주세요. 저는 이런 곳에서 오라버니와 대립하고 싶은 생각이 없답니다.]

"……."

[부탁드릴게요.]

칼리아의 간청에 아론은 작게 코웃음을 쳤다.

그와 동시에 칼리아의 부하들을 짓누르던 미지의 힘이 사라졌다.

그들은 힘겹게 하나둘 정신을 차리고 자리에서 일어났다. 하지만 여전히 기절한 채 깨어나지 못하는 이들도 있었고, 그들은 동료들에 의해 급히 후송되었다.

얼추 소동이 진정되기까지 기다린 후, 먼저 입을 연 것은 칼리아 쪽이었다.

[참으로 얼굴 뵙기가 힘드네요, 오라버니.]

"피차 바쁜 몸이 아닌가."

[어라? 그런 것치고는 옆자리에 예쁜 여자애를 태워서 드라이브 가는 중이시지 않으셨나요? 보아하니 엘리시움 쪽에서 나오신 모양인데…… 혹시 어젯밤도 같이 보내신 걸까요?]

"뭣……!"

칼리아가 의미하는 것이 '그렇고 그런 의미'라는 것은 누구나 알 수 있었다. 아이리는 순간적으로 새빨갛게 얼굴을 붉히며 반응을 보이려 했지만, 아론은 그녀를 제지하고 대신 답했다.

"그랬다면 어쩔 거지?"

[어쩔 것도 없지요. 소문으로는 약혼자도 내버려두고 일에만 매진하고 계신다고 들었거든요. 근데 알고 보니까 일하곤 전혀 상관없이 후원하는 여학생이랑 밤늦게까지 술을 마시다가 저택에 데려갔다? 게다가 그다음 날이 되어서야 함께 나왔다?]

"……."

[뭐, 저야 오라버니를 20년 넘도록 보아 왔잖아요? 계속 연애에는 조금도 관심을 보이지 않으셨던지라, 솔직히 말하자면 오히려 여동생으로서는 다소 안심이 되기도 하네요. 하지만 이 모습을 다른 누군가가 보면 어떻게 생각할까요? 트리니티 아카데미에서 가장 존경받는 교육업계 종사자가 이러고 있는 모습을 보면?]

"뭘 좀 알고 말씀하시지 그래요?"

그 순간 아이리가 언성을 높였다.

그녀는 당장이라도 달려들 듯한 날 선 눈빛으로 홀로그램 영상 속 칼리아를 노려보며 따지고 들었다.

"마치 이사장님이 이상한 마음을 품고 저한테 손을 댄 것처럼 말씀하시네요? 여동생이라는 분이 오빠에 비해서 사람 보는 눈이 없으시네."

"아이리."

"죄송한데요, 이사장님. 할 말은 해야겠어요."

[음? 너 내가 누군지는 아니?]

"아는데요? 그래서요? 어쩌게요?"

아이리는 코웃음을 치며 답했다.

본래부터 반골 성향이 강한 아이리였다.

그녀가 트리니티 아카데미에 처음 들어왔을 때 아론을 향해서 다짜고짜 발차기를 날렸다는 일화는 알 사람은 다 알 만큼 유명했다.

학생회장이 된 이후로 다양한 경험을 통해 성숙해지고, 폴른 생활 시절의 거친 말투나 행동거지도 많이 사라지긴 했다.

하지만 그것은 어디까지나 '아론에 대한 호감'이 일종의 구속장치로 작용한 것이지, 그녀의 근본적인 기질 자체는 바뀌지 않았다.

아니, 오히려 지금 이 자리에서는 평소보다 더 격한 반응을 보일 수밖에 없었다.

다른 누구도 아니고 '자신이 좋아하는 사람'을 향해서 공격해 온 것이 아니던가?

그녀도 처음에는 칼리아가 아론의 '여동생'이라는 점 때문에 조금은 자제하려 했으나, 칼리아의 태도를 보고 꼭지가 돌아 버린 것이다.

여동생이고 뭐고 알 바인가?

우리 이사장님 건드리면 물어 버릴 거야.

설령 상대가 칼리아가 아니라 황제, 드레이크 스팅레이 회장이었대도, 같은 행동을 했을 아이리였다.

[하, 아하하……]

그리고 아이리의 그런 태도는 사람을 상대하는 데에 능한 칼리아를 당황시키기에 충분했다.

그도 그럴 것이…… 재벌가, 정치인, 법조인, 마피아 보스 등 많은 사람들을 상대해 오긴 했어도, 아이리처럼 완전히 쌩 스트리트 출신의 인물을 상대해 본 경험은 없었기에.

[폴른 출신이라 들었는데, 꽤 당돌하구나?]

"출신이 상관있나요? 그러면 그쪽은 엘리시움 출신이라서 속이 시커먼 건가요?"

[뭐, 뭐어……?]

이런 모욕을 면전에서 대놓고 들어 본 것은 처음이었다.

 칼리아는 순간적으로 열이 뻗쳐서 제대로 말을 잇지 못하고 파르르 떨었다. 하지만 그것도 잠시, 빠르게 감정을 수습한 칼리아가 다시 입을 열었다.

 [……뭐, 내가 오라버니를 모욕할 생각이 있어서 말했겠니? 그냥 걱정스러워서 말했을 뿐이지. 네가 아무리 아니라고 해 봤자, 세상 사람들은 그렇게 받아들여 주질 않는단다. 돈 많은 재벌 2세가 돈의 힘으로 여학생을 밀어 넘어뜨렸다고 생각할 뿐이지. 사실 합리적인 의심이 아니겠어?]

 "아닌데요."

 [뭐?]

 "이사장님이 얼마나 학생이랑 선을 그으려고 하시는 분인지 아세요? 뭐? 돈의 힘으로 여학생을 굴복시켜요? 웃기는 소리 하지 마세요. 전혀 반대거든요?"

 [바, 반대……?]

 "학생들 중에서 이사장님 좋아하는 여자애들 얼마나 많은 줄 아세요? 다들 그냥 그림의 떡이라고 생각하고 있을 뿐이죠. 돈은 무슨, 남자애고 여자애고 그냥 손 한 번 잡아보고 싶어 하고 있는데? 거기다 이사장님이 뭐 하러 돈을 줘요?"

"……아이리."

아론이 다시금 아이리를 제지해 보았지만, 이미 폭주를 시작한 그녀의 귀에는 전혀 들리지 않았다.

"아, 진짜 화딱지 나네! 당신, 이사장님이 애들한테 얼마나 철벽을 치는지 알기나 해? 또 그거 때문에 내가 평소에 무슨 기분으로 사는지나 알기나 하냐고! 웃기지 말라고 해! 이사장님이 학생에 손을 대니 마니, 세간이 그딴 식으로 떠들면 나도 바로 기자회견 열어서 증언할 거야! 흑심을 품은 건 이사장님 쪽이 아니라 내 쪽이니까, 욕을 하려면 이사장님 말고 나를…… 읍읍!!"

"……아이리."

폭주해서 떠들어 대는 아이리의 입을 다급하게 막는 아론.

"……부탁이니까 제발 진정해라…… 제발."

처음에는 발버둥 치며 아론의 손을 밀치려던 아이리였으나, 20초 정도 지나자 포기하고는 얌전해졌다.

귀랑 얼굴이 사과처럼 새빨개진 채로 고개를 들지 못하는 것을 보면, 조금 전에 자기가 얼마나 부끄러운 소리를 했는지 뒤늦게 자각한 모양이었다.

그렇게 간신히 날뛰던 야생들개 한 마리를 잠재우는 데에 성공한 아론은 헛기침을 하면서 분위기를 환기시켰다.

"크흠."

[아. 그…… 네…… 죄, 죄송해요.]

칼리아도 아이리의 반응에 조금 벙쪄 있다가 아론의 헛기침에 정신을 되찾았다. 평소의 포커페이스로 돌아온 그녀는 작게 한숨을 쉬고는 다시 입을 열었다.

[어…… 어쨌건 최근에 오라버니께 계속 연락을 드렸는데 만나 주질 않으셔서 조금 심통을 부리고 말았답니다. 용서해 주시길.]

"……그래. 본론부터 말해라."

[본론 말이죠. 그…… 어…….]

아직 완전히는 제정신으로 돌아오지 못했는지 칼리아는 조금 횡설수설하더니, 간신히 말을 이어 나갔다.

[최근에 제가 뭘 하고 있는지는 오라버니께서도 아시리라 생각해요. 그런데도 아무런 반응이 없으시니까 무슨 생각을 하고 있는 건가 싶었거든요. 그래서 한번 직접 만나 뵙고 대화해 보고 싶어요.]

"할 얘기 없다."

아론은 딱 잘라서 선을 그었다.

그 대답에 칼리아의 눈썹이 불쾌한 듯이 찌푸려졌다.

[그 말…… 진심으로 하시는 건가요?]

"하고 싶은 대로 해라. 나는 말리지 않는다."

[제가 아버님을 몰아낸 다음, 오라버니 대신 스팅레이

그룹의 차기 회장이 된다고 해도요?]

"상관하지 않는다. 물론 그 노친네가 얌전히 물러나 줄 것인가 의문스럽긴 하지만, 할 수만 있다면 얼마든지 해라. 응원하마."

[……무슨 생각이시죠?]

경계하듯 묻는 칼리아.

그에 아론은 코웃음을 치며 답한다.

"여기서 확실히 말해 두마. 나는 딱히 회장직에는 관심 없다. 아무런 계략도 함정도 없다. 네가 회장이 되고 싶다면 하도록 해라. 방해할 생각은 없다. 허나 경고하건대……."

아론의 목소리가 다소 날카로워졌다.

"나와 내 학생들을 건드릴 생각을 하지 마라. 적어도 앞으로 4년, 재단 이사장직을 놓을 생각은 없으니 내가 하는 일에 관심 두지 마라. 그것만 지킨다면 4년 후에는 적당히 은퇴해서 사라져 주지."

[그 말을…… 지금 믿으라는 건가요?]

"믿어라. 믿는 편이 좋을 거다."

아론은 다시 한번 쐐기를 박았다.

"나와 전쟁을 하고 싶은 것이 아니라면."

부우우웅!

하고 싶은 말만 남긴 아론은 그대로 액셀을 밟아서 멀

리 떠나 버렸다.

두 사람의 대화는 거기서 끊기고 말았지만, 통화는 여전히 연결되어 있었다.

칼리아는 아론의 차량이 멀어지는 모습을 보면서 한층 더 깊은 고민에 빠질 수밖에 없었다.

[전쟁…….]

그렇게 망설이듯 되뇌는 칼리아의 황금빛 눈에 기묘한 마력의 빛이 맴돌았지만, 그 사실은 아무도 깨닫지 못했다.

심지어 자기 자신조차도.

* * *

"A섹터에도 이런 곳이 있구나……."

아론과 아이리가 30분 정도를 이동하여 도착한 곳은, 낡아빠진 아파트 단지였다.

멀리서 봤을 때는 꽤 멋들어져 보였지만, 막상 가까이 다가가 보니 흉물스럽기 그지없었다.

관리받지 못한 건물은 전부 녹이 슬고, 곰팡이가 슬었다. 어떤 곳에는 도로 한복판에 어지간한 호수를 방불케 하는 물웅덩이가 생겨 있었는데, 의외로 물의 수질 자체는 나쁘지 않아보였다. 아마 하루가 멀다 하고 비를 쏟아

내는 이 도시의 특성 때문이겠지.

고개를 돌리니 엘리시움에 닿을 것만 같은 높은 고층아파트가 눈에 들어왔다.

그 옆으로는 다양한 간판을 매단 가게들이 들어서 있었다. 영화관, 도서관, 백화점의 흔적도 있었다. 아파트 바로 옆에 이런 멀티플렉스가 있다니 놀라울 따름이었다.

사람이 전혀 없다는 점만 제외하면.

"왜 이렇게 된 거죠?"

"불운이 겹쳤다더군."

아론은 짤막하게 설명했다.

"에버하트 부부 강도 살인 이후 집값이 폭락했다. 안타까운 사건이었던 것과는 별개로 주민들의 마음이 떠날 수밖에 없는 일이었으니."

옆집에 살던 유명인 부부가 갑자기 강도 살인을 당했다. 비싼 돈을 주고 집을 산 사람들 입장에서는 안타까움은 차치하고 불쾌하고 불안할 수밖에 없었다.

당연히 주민들은 너 나 할 것 없이 앞다투어 집을 팔려고 내놓았다. 인근 지역의 유동인구도 자연스레 줄어들었고, 아파트 단지 내의 가게들도 줄폐업.

물론 A섹터 한복판에 있는 공간이니만큼 아파트만 치워 버리면 재활용할 여지는 얼마든지 있다.

다만 세간이 떠들어 대듯 에버하트 부부의 저주인지 뭔

지는 몰라도, 아파트 단지의 부지를 사들인 건설기업 역시 때 아닌 불황을 맞아서 도산했다.

최근에 새롭게 이곳을 인수한 곳도 이런저런 자금 문제 때문에 재개발은커녕 원래 건물을 철거하지도 못하는 중이라고 했다.

"뭐, 그래도 오래가진 않을 거다."

어쩌다 보니 기묘한 우연이 겹쳐서 이렇게 된 거지, 이곳이 A섹터 한복판의 금싸라기 땅이라는 사실은 변하지 않았다. 아마 조만간 새로운 자본가가 나타나서 이 땅을 개발하고 무언가를 세우겠지.

"결국 돈 문제네요……."

"돈 문제지."

"……."

아이리는 복잡한 심경에 입술을 굳게 닫았다.

지금도 폴른 구역에는 한 평의 땅이라도 얻어서 도시 안으로 들어오고 싶어 하는 사람들이 많았다.

그 한 평 남짓한 땅이 없어서 계속 쓰레기장과 폐기물 처리장 인근에서 플라스틱 태우는 연기를 쐬어 가면서 살아가고 있는 것이다.

그에 비해 도시 최중심부에 '돈이 안 된다'는 이유만으로 이렇게 넓은 장소가 버려져 있다니. 당장 그 사람들에게 여기 버려진 집을 한 사람당 한 채씩만 나눠 주어도 얼마나 많은 사람이 감지덕지하면서 살아가겠나 싶었다.

"머리로는 이해하지만…… 좀 그러네요."

"어쩔 수 없는 문제다."

"그렇긴 하지만요. 근데 말하던 중에 눈치챘는데, 의외로 노숙인이 없네요? E섹터 같았으면 너도나도 불법 점거했을 텐데."

"현 소유자가 재개발할 역량은 없어도 침입자만큼은 열심히 잡는 모양이더군. 최근엔 옛날 팬들이 가끔씩 화환을 두고 가는 게 전부라고 들었다."

"팬들이요?"

"실비아 에버하트."

"아……."

그런 대화를 나누며 두 사람은 계속 이동했다. 그러다 아론이 어느 빌딩 앞에서 멈추었는데, 그 입구 쪽에는 플라스틱으로 만든 인조 화환 다발이나 사진, 편지 따위가 놓여 있었다.

물건들이 상당히 새것인 점을 보아 최근까지도 추모하는 사람들이 있는 듯했다. 아이리로선 그 사실이 놀라울 따름이었다.

"들어가자."

아론은 입구를 통해 성큼성큼 아파트 내부로 들어갔다. 의외로 엘리베이터가 여전히 작동하고 있었고, 그 덕에 두 사람은 손쉽게 60층까지 올라갈 수 있었다.

복도를 계속 걸어가던 아론은 어느 현관문 앞에서 발걸음을 멈추었다.

"여기다."

그러면서 곧장 문을 열어젖히는 아론.

왜 열려 있는 거지? 하고 의문을 품는 동시에 아이리는 입구 옆에 커다란 쇠사슬과 자물쇠가 늘어져 있는 것을 발견했다.

원래는 잠겨 있던 것일까?

그리고 더 놀라운 것은 안쪽으로 들어서자 상당히 번듯한 풍경이 나타났다는 점이었다.

10년…… 아니, 20년 동안 사람이 살지 않았다고 하기에는 집안 풍경이 너무나도 깔끔하고 정돈되어 있었다. 농담이 아니라 먼지 한 톨 없을 정도였다.

"이, 이게 어떻게 된 거죠?"

"아, 오셨군요."

그 순간, 현관 쪽으로 누군가가 다가오며 두 사람을 반겨 주었다.

수염을 멋들어지게 기른 노년의 남성…… 이라고 생각한 것도 잠시, 아이리는 그의 목을 감싼 형광색 초커를 발견했다.

그것이 의미하는 바는.

"아, 안드로이드?"

아이리가 놀라거나 말거나 안드로이드는 아이리를 향해 허리를 숙이며 인사했다.

"기다리고 있었습니다. 정말 오랫동안이요."

"기다렸다니요? 저를요?"

"네."

안드로이드는 빙긋이 웃으며 말했다.

"아리아나 아가씨."

* * *

두 사람을 맞이한 안드로이드는 그들을 부엌으로 불러 간단한 음료를 내주며 대화를 시작했다.

"로버트라고 합니다. 20년 전, 그 일이 일어나기 전까지 주인님과 사모님을 모시고 있었죠. 아리아나 아가씨께서는 저를 기억하지 못하시겠지만, 계속 함께 있었답니다."

"……궁금한 게 있어요."

"편하게 말씀하시죠. 지금 제 주인님은 아리아나 아가씨니까요."

"……."

아이리는 무어라 말을 하려다가 옆자리의 아론을 돌아

보았다. 설명을 요구하는 눈길이었고, 아론은 담담하게 입을 열었다.

"사건 직후, 증거품으로 이 녀석의 AI코어와 메모리가 VCPD에 제출되었다. 증거보관소에 있던 것을 최근에 되찾아왔지. 물론 옛날에 쓰던 기체는 파기되었고, 지금은 새로운 몸에 메모리를 넣었을 뿐이지."

"네. 아론 스팅레이 님께는 감사드리고 있습니다. 스팅레이 님이 아니었다면 저는 여전히 계속 그곳에서 잠들어 있었겠지요."

20년 전의 모델의 인공지능치고는 상당히 사람 같은 느낌이 들었다.

아마 당시 기준으로도 최신식 기술이 적용되었기 때문이 아닐까. 그렇게 이해하며 아이리는 질문을 이어 갔다.

"그럼 이 집은요?"

"이 역시 스팅레이 님께서 도와주신 덕분이지요. 아가씨께서 방문하시기 전에 예전 집과 최대한 비슷하게 만들어 달라고 하셨거든요. 몇 달 전부터 제가 계속 관리하고 있었지요."

"이러실 필요까지는 없었는데······."

아론을 보더니 민망해하는 아이리.

그런 그녀에게 아론이 말했다.

"조만간 에버하트 부부의 유산 문제로 네가 직접 법원

에 가야 하는 일이 있을 거다. 그 전에 네가 여러모로 정리하는 편이 좋으리라 생각했다."

"……."

고맙긴 하지만 이 상황이 어색한 것인지 아이리는 고개를 숙인 채 대답하지 못했다. 몇 초간 어색한 침묵이 계속되자, 안드로이드가 입을 열어 제안했다.

"집을 안내해 드리겠습니다. 함께 둘러보시는 건 어떠신지요?"

"그, 그래도 될까요?"

"물론이죠."

그러면서 아이리는 아론의 눈치를 살폈고, 아론은 곧장 다녀오라며 고개를 끄덕였다. 그에 아이리는 조심스레 자리에서 일어나 안드로이드를 따라나섰다.

3명이서 살기에는 지나치게 넓다 싶은 복도를 걸으며 안드로이드가 설명을 시작했다.

"사실 주인님 내외께서 이 집에서 지내시게 된 것은 3년 정도밖에 안 된답니다. 사모님의 팬분들께서는 아직도 이곳에 꽃다발을 놓고 가곤 하시지만, 그렇게까지 오랜 추억이 깃든 곳은 아니에요."

"그…… 렇군요."

"그래도 상당히 여러 물건들이 남아 있답니다. 팬분들이 경매에서 구매하셨던 물건들을 스팅레이 님께서 다시 모아주셨거든요. 덕분에 앨범도 많이 남아 있지요. 일단 안방부터 가 보실까요?"

"네."

그렇게 안드로이드가 부부의 침실과 거실, 부엌 등을 돌아다니면서 안내해 주었다. 메모리에 담겨 있던 기억들을 출력해서 보여 주기도 했고, 사건 당시 침입자들이 난동을 부렸던 현장도 확인했다.

안드로이드는 최대한 기억을 되살려서 상세하게 아이리에게 부부의 생활상을 설명해 주었다. 하지만 막상 아이리는 의외로 별다른 느낌이 들지 않았다.

얼마 전엔 자신의 환경을 듣고 상당한 충격을 받은 것도 사실이지만, 막상 이렇게 찾아와 보니 현실감이 전혀 안 느껴진달까.

남의 집에 찾아왔다는 느낌밖에 들지 않았다.

사실 당연한 일이었다.

아이리는 당시 말을 하기는커녕 몸도 제대로 가누지 못하는 갓난아기에 불과했었으니까. 제대로 된 추억 같은 게 남아 있을 리 만무했다.

심지어 오빠가 자신을 납치했었던 장소인 '아기방'을 보아도, 거기에 적혀 있는 '아리아나'라는 애정 섞인 손글자들을 보아도 그렇게까지 와닿는 것은 없었다.

다만 사진만큼은 조금 달랐다.

"여기 아가씨가 태어나셨을 때 찍은 사진입니다."

안드로이드가 마지막으로 앨범에 담긴 사진들을 보여 주었을 때, 아이리는 깜짝 놀랄 수밖에 없었다.

자신의 얼굴이 어머니, 실비아 에버하트와 무척이나 닮았다는 사실은 진즉에 알고 있었지만…… 앨범에 담긴 사진들은 그 정도가 더욱 대단했다.

농담이 아니라, 사진 속의 여성은 아이리가 현재의 긴 머리를 자른 모습이라고 해도 믿을 정도였다. 물론 자세히 보면 아이리가 조금 더 고양이상에 가까웠지만 그렇게 차이가 나는 것도 아니었다.

사진 속의 여성은 사랑스럽다는 듯이 아이를 안고 있었고, 그 옆의 남성 역시 두 사람의 옆에서 다정한 눈빛을 그들에게 보내고 있었다.

"이게…… 나라는 거죠."

아이리는 사진 속의 아기를 손가락으로 슬며시 쓰다듬어 보았다.

여전히 이 세상의 행복을 다 갖고 태어났을 것 같은 아기가 자신이라는 사실은 전혀 실감 나지 않지만…… 가슴속에 묘한 감정이 채워지기 시작했다.

자신은 혼자가 아니었다.

뒷골목 양아치들이 놀려댔듯이 부모가 자신을 버린 것도 아니었고, 귀태(鬼胎)도 아니었다. 감당하지 못할 불행이 닥쳐와서 무너졌을 뿐, 처음부터 저주받아 태어난 삶이 아니었다.
 누군가 내 곁에 있었다.
 존재만으로도 날 사랑해 준 사람들이 있었다.
 오빠 말고도, 누군가가 있었다.
 그 사실만으로도 듬직한 지지대가 하나 더 생긴 것 같은 느낌이 들었다. 그리고 많은 것이 바뀌어 있었다.
 "하하……."
 아이리는 사진을 바라보며.
 작게 웃음을 흘렸다.

* * *

"이제 돌아가죠."
"끝났나?"
"네. 볼 만큼 봤어요."
"표정이 꽤 좋아졌군."
"그, 그런가요? 잘 모르겠는데."
 아이리는 멋쩍게 볼을 긁적였다.
"뭐, 실제로 조금 편안해진 건 사실이에요. 솔직히 여기 와 보자고 하셨을 때 조금 긴장하고 있었거든요? 근데 막상 와 보니까 그렇게까지 긴장할 것도 없었고……

또 그렇게 실감이 안 나기도 하고요…… 저는 계속 '아리아나 실버하트'가 아니라, '아이리 앨리스밸'로 살아왔었으니까요."

"……그렇군."

"아, 무, 물론 이사장님께는 감사하고 있어요! 저를 위해서 이렇게까지 해 주신 걸, 어떻게 은혜를 갚아야 할지 모르겠어요. 그래서 조금 고민을 좀 해 보긴 했는데 말이죠……."

아이리는 눈을 마주치지 못한 채 말을 이어 나갔다.

"처음에는 제가 에버하트 부부…… 아니, 부모님의 유산을 받으면 그걸 이사장님께 일부를 보상으로 넘겨드리는 게 어떨까 싶었어요. 근데 좀 아닌 거 같더라구요. 그건 아무래도 돈으로 퉁치는 느낌도 들고, 이사장님한테 그 유산이라고 해 봤자 푼돈일 테니까요."

"그렇긴 하지."

"그렇죠? 그래서 다른 걸 어떡할까 고민해 봤는데, 역시 방법이 안 떠오르더라구요."

아이리는 결심한 듯 고개를 들었다.

"이사장님은 '아리아나 에버하트'가 아니라, '아이리 앨리스밸'인 저를 영입하신 거잖아요? 그러니 그냥 제가 열심히 하는 수밖에 없다는 생각이 들었어요. 물론 아무리 애써도 이사장님은 워낙에 강하시니까 도움이 필요 없으실 테지만…… 그래도 하는 수밖에 없겠죠."

"……아이리."

"그러니까 뭐든지 말씀해 주세요. 지금은 제가 좀 못 미더워도 계속 노력할 테니까요. 뭐든 말씀해 주시면 들어드릴 테니까요!"

"뭐든지?"

"그, 그렇게 반응하시면 조금 불안해지긴 하지만…… 네, 뭐든지요. 잔심부름도 좋고, 아니면 어깨 마사지는 어떠세요? 그 정도는 원하신다면 지금이라도."

"됐다."

"……거절하는 거 너무 빠르지 않아요? 저 마사지 잘하는 편인데."

마사지하는 모양을 흉내 내던 아이리의 두 손이 갈 곳을 잃고는 축 늘어졌다. 풀이 죽은 아이리의 반응에 아론은 싱긋이 웃었다.

"어깨 마사지는 됐다. 대신 다른 것을 좀 부탁할 게 있다."

"무, 물론이죠! 뭐든지 말씀해 주세요."

"아까 칼리아를 보았지?"

"……!"

예상외로 진지한 내용에 아이리는 마음을 다잡고는 천천히 고개를 끄덕였다.

"네."

"조만간 녀석이 움직일 거다. 주주총회에서 경영권투

표로 회장이 되려고 하겠지."

"이사장님은 그 문제에 관심 없는 거 아니었어요?"

"아까 말했듯이 관심 없다. 저쪽에서 이쪽에 피해만 주지 않는다면 말이지. 하지만 그렇게 서로 편한 흐름으로 흘러가지 않을 것 같아서 말이지. 이쪽도 나름대로 대비를 해 두긴 해야 한다."

"……제가 어떻게 도와드리면 되죠?"

"앞으로 몇 주 동안, 너희가 가 줘야 할 곳이 있다. 상당히 위험한 곳이고, 목숨을 걸고 [신비] 놈들과 싸워야 할 테지."

"싸움……."

아이리는 작게 중얼거리며 주먹을 불끈 쥐었다. '너희'라고 한 것을 보면, 아론은 아이리뿐만이 아니라 다른 특별반 학생들도 끌어들일 생각인 듯했다.

"……구체적으로 어디로 가야 하나요?"

아이리의 물음에.

아론은 한마디로 대답했다.

"사냥터."

* * *

"크하하하하하! 미쳤다! 미쳤어! 카하하!!"

수영장에 물 대신 돈을 받아 놓고 헤엄치는 남자가 있었다.

 만화나 영화에서 삼류 졸부들이나 할 법한 짓을 하면서도 전혀 부끄러움을 느끼지 못하는 사내…… 그의 이름은 제렌이었다.

 작년에는 저급 무기를 파는 불법 노점상.

 올해 초는 마니아들이 알아주는 맛집 무기상.

 그리고 지금은 내로라하는 암흑가의 거물!

 "이게 다 내 돈이야! 내 돈이라고! 하하하!"

 여러 마피아와 갱단들이 벌이던 춘추전국시대가 끝나고, 김철수 파의 시대가 왔다.

 흑룡문을 비롯한 거대 갱단들을 하룻밤 만에 꿀꺽 삼키는 데에 성공한 김철수 파는 암흑가에서 벌어지는 모든 '그렇고 그런 사업'을 장악했다.

 불법 사채, 용병, 정크칩, 무기, 신비 재료들.

 온갖 분야에서 김철수 파는 미친 듯이 돈을 쓸어 담고 있었고, 자연스레 김철수는 모두가 두려워하는 암흑가의 제왕으로 군림하기 시작했다.

 그리고 제렌은 '미치광이 왕'이라는 별명을 얻은 김철수가 실은 '그분'의 비호를 받는 바지사장에 불과하다는 비밀을 알고 있는 유일한 인물이었다.

 그는 '그분'에게 눈치 빠르게 넙죽 엎드린 덕분에 엄청난 혜택을 받을 수 있었다.

현재 암흑가에서 이뤄지는 '무기' 관련 거래의 7할 정도는 제렌이 장악하고 있었다. 또한 과거에는 '판매'만 했었다면, 현재는 제조와 불법 제조, 유통까지 담당하면서 승승장구 중이었다.

"하하하하! 하하하하하하하!"

제렌은 구태여 요새는 잘 쓰지도 않는 지폐를 욕조에 가득 채워 넣고 행복한 시간을 만끽하고 있었다.

과거 '멕시코'라는 나라의 마약왕은 돈이 하도 많아서 땅에 묻어서 숨기고는 했다는데, 그 정도까진 아니어도 어느 정도 그 기분에 공감할 수 있을 듯했다.

"돈이 써도 써도 줄지를 않는구나~!"

정부의 눈길에 잡히지 않는 돈이라는 점에서는 어지간한 중견 메가코프의 사장보다도 돈이 더 많다고 할 수도 있었다.

그야말로 인생 역전.

이 돈을 정말로 마음껏 사용하려면 몇 번 은행과 여러 사업체를 들락거리면서 세탁을 해야겠지만 아무렴 어떠랴. 지금 당장만큼은 황제가 부럽지 않을 만큼 행복한 것을.

새로운 비행형 스포츠카도 샀겠다, 저택도 샀겠다. 슬슬 벽지랑 화장실의 변기를 황금으로 갈아치워 보는 것은 어떨까? 번쩍번쩍한 것이 부담스러워서 똥도 제대로 못 누는 기분을 한번 느껴 보는 것도 나쁘지 않을 것 같은데.

그런 망상 속에서 허우적거리며 행복한 시간을 보내던 제렌에게, 난데없이 통화가 걸려 왔다.

"음?"

발신자는 다름 아닌 김철수.

최근 조직과 여러 사업을 관리하느라 바쁜 사람이 웬일로 전화가 왔다. 제렌은 기대 반 걱정 반의 마음으로 통화를 수락했다.

"예, 접니다."

'그분'에 대한 비밀을 공유하는 동료 사이였기에 사실상 동등한 입장이었지만, 대외적으로는 김철수가 그보다 위였다.

누가 듣고 있을지 모를 일이니 일단은 존댓말을 썼다.

[바쁜가?]

"아뇨. 쉬고 있었습니다."

[중요한 일이다.]

거 새끼 목소리 까는 거 보소.

어차피 바지사장인 주제에 무게 겁나 잡네.

뭐, 그래도 자리가 사람을 만든다고 했던가, 불과 몇 개월 전에 비해 암흑가의 제왕 행세가 훨씬 더 그럴듯해졌다는 사실만큼은 인정할 수밖에 없었다.

"중요한 일이라뇨?"

[VIP관련 문제다. 사람을 그쪽으로 보내지.]

"VIP라면……!?"

VIP라면 '그분'을 말씀하시는 거다.

제렌이 바짝 긴장하는 것과 동시에, 벌컥 수영장의 문이 열리면서 정장 차림의 남성이 우르르 몰려들어왔다. 그러더니 대뜸 자루를 하나씩 꺼내어 수영장에 담긴 돈뭉치를 쓸어 담기 시작했다.

"무, 뭐야!? 너희들 뭐냐고!?"

[내버려 둬라. 내가 보낸 애들이다.]

제렌이 당황하자 수화기 너머의 김철수가 그를 진정시켰다.

"아니, 얼굴 보면 우리 편인 건 뻔히 알지! 근데 그게 문제가 아니잖아! 저놈들이 왜 내 돈을 갑자기 가져가냐고!"

[VIP의 지시다. 도움이 필요하시단다.]

"뭐……?"

다시 한번 '그분'이 언급되자 제렌의 표정이 와락 일그러졌다. 하지만 그것은 분노로 인한 것이 아닌 고뇌로 인한 것이었다.

아무리 '그분'이라고 해도 이런 식으로 남의 돈을 갈취해 가도 되는 건가? 물론 이것도 전부 '그분' 덕분에 벌 수 있던 돈이긴 했지만…….

"끄으으응……."

수영복 차림으로 고심하는 제렌.

'그분'에 대한 그의 신앙이 시험받고 있었다.

계속 그를 따르는 대신 눈앞의 돈을 빼앗기는 상황을 그대로 내버려 둘 것인가. 아니면 그의 의지를 거역하고 돈을 지킬 것인가.

그는 끙끙거리며 계속 고민을 이어 나갔고.

결국 결론을 내렸다.

"야, 이것들아!"

그는 돈을 챙겨 가는 조직원들에게 소리쳤다.

날 선 목소리에 일순 분위기가 긴장됐으나.

"보아하니 보스가 돈 챙겨 오라고 한 거지? 몇 놈은 날 따라와라! 금고를 열어 줄 테니!"

그는 신앙을 따르기로 했다.

* * *

-너희가 가 줘야 할 곳이 있다.
-그게 어딘데요?
-사냥터.

아카데미에 복귀한 이후, 아이리는 그날 아론과의 대화를 곱씹어 보았다. 물론 아론에게서 '사냥터'에 대한 이야기를 간단하게 듣기는 했지만, 여전히 이해가 가지 않기는 마찬가지였다.

'다른 세상으로 갈 수 있는 티켓이라……'

물론 마법이나 천사나 악마 같은 것이 버젓이 존재하는 세상이니, 다른 차원이니 뭐니 하는 것이 있어도 이상할 것은 없었다.

아론 역시 워낙 숨기는 게 많은 사람이니 별 희한한 물건을 갖고 있다고 해도 이상할 것 없었다. 아마 본인조차도 그 물건에 대해 자세히 설명할 수 없는 경우도 많을 테지.

그러니 '사냥터'라는 공간 자체에 의문을 가져 봤자 의미가 없다. 그보다는 아론이 '그런 지시'를 내린 이유가 더욱 궁금했다.

-그곳에서 [신비]를 사냥하고 최대한 많은 정수와 재료들을 갈무리해 와라.

-어디에 쓰실 건지 물어봐도 돼요?

-팔 거다.

-네?

판다고?

어디에다가?

[신비]들의 부산물들을 멋대로 유통하는 것은 불법 아니던가? 아니, 불법인 점은 그렇다 치고, 갑자기 왜? 돈이라면 썩어 넘칠 정도로 많은 사람이 급전이라도 필요

하게 된 걸까?

'아무래도 스팅레이 그룹 쪽 문제랑 연관이 되어 있는 것 같긴 한데…….'

사냥터에 대한 이야기를 여동생 '칼리아'와의 대화 직후에 꺼낸 점도 그렇고, 본인이 '준비한다'고 했으니 그와 연관되어 있다는 것만큼은 분명했다.

다만 자신들이 그 '사냥터'라는 곳에서 활동하는 것이 어떻게 도움이 되는 것인지, 또 정확히 인과관계가 어떻게 되어 있는 것인지는 잘 모르겠다.

아이리는 그 점에 대해서 아론에 대해서 다시 물어보았으나.

-설명할 수 없는 부분이 많다. 그러니 네가 대신 특별반 녀석들을 설득해서 이끌어 주었으면 한다.

-……네. 해 볼게요.

'자세한 건 비밀'이라는 대답이 나왔기에 아이리로서는 그냥 알겠습니다, 하고 고개를 끄덕이는 수밖에 없었다.

무엇을 시키든지 돕겠다고 했던 것은 자신이니, 한 입으로 두 말을 할 수는 없지 않은가?

그렇게 특별반 학우들 설득에 나선 아이리였고, 다행히도 그들은 아이리의 부족한 설명에도 동행하겠다고 대답해 주었다.

그리고 며칠 후.

마침내 약속했던 날이 왔다.

미유의 기숙사 공방에서 모인 그들은 각자 장비와 모듈들의 상태를 점검받았다.

"팔다리 움직여 보시고요. 네, 반응 속도 정상이에요. 레이나 씨는 시스템 올 그린이에요. 다음에는 사일런스 씨 확인해 볼게요. 은신 모듈 활성화해 보세요."

"모듈 온라인."

"숨 쉬어 보세요."

"스읍. 하아."

"호흡할 때 광학위장이 조금 불안정해지네요. 기온변수 설정 쪽에 살짝 에러가 난 거 같은데, 잠시만요. 조금 수정해 볼게요."

그러면서 미유는 사일런스의 소켓에서 모듈을 제거 후, 컴퓨터에 연결하여 수치를 입력하기 시작했다. 그 모습을 보면서 나머지 전교부 네 사람은 잡담을 나누었다.

"[이렇게 이 멤버로 점검받는 거 되게 오랜만이지 않나? 마지막이 언제였더라? 레이나, 너는 기억해?]"

"아카데미에 괴물 나타났을 때가 마지막 아니던가요? 스팅레이 생산 콜로니 쪽에 원정 갔다가 돌아오니까 쑥대밭이 되어 있었잖아요."

"[그게 벌써 작년이야? 시간 되게 빠르네. 아이리, 네가 회장된 지도 벌써 1년 다 되어 간다, 야.]"

"그러게요. 시험 때문에 미유한테 점검받으러 온 적은 몇 번 있지만, 이렇게 다 같이 모인 건 처음이네요. 새로운 멤버도 있고요. 인사는 서로 하셨나요?"

"[후배가 먼저 인사해야지.]"

"……꼰대시군요, 선배."

"[뭐라고?]"

"허허, 죄송하외다. 소승은 '호법'이라고 하오. 한때 불자로서 수양하다가, 아론 스팅레이 이사장의 눈에 우연히 발견되어 호사를 누리고 있소이다."

"불자라면…… 스님인 거죠? 스님이 아카데미에 오는 건 처음 봤어요."

"이게 다 인연이 아니겠소, 허허."

화기애애한 분위기 속에서 모듈 점검 및 조정 작업이 끝났다. 준비를 마친 이들은 장비를 착용하고 한 자리에 모였다.

그리고 아이리가 품속에서 티켓을 꺼냈다.

멤버들의 이목이 티켓으로 쏠렸고, 아이리가 곧장 설명을 시작했다.

"이게 '사냥터'라고 하는 곳으로 갈 수 있는 티켓이라는 모양이에요. 다들 한 장씩 나눠서 받으세요."

"보라색이네요?"

"응. 색깔마다 등급이 나뉘는 모양이야. 보라색이 가장 쉬운 난이도고, 다음이 남색, 파란색 순이라고 하더라고."
"[무지개색으로 올라가는구만.]"
"소승은 곧장 빨간색으로 가도 상관이 없소만."
"참아. 일단 자색 사냥터에서 얼마나 성과를 보이느냐에 따라서 이사장님이 다음 등급 티켓을 주신다고 하셨어. 사냥터에서 뭘 해야 하는지는 다들 들었죠?"
"들었소이다. 다 쳐 때려죽이면 되는 것 아니오?"
"[……저, 저기요? 이 후배 좀 무서운데요?]"
"자자, 다들 잡담 끝."
혼란스러워지려는 분위기를 아이리가 다시 한번 붙잡았다.
"이건 실전입니다. 까딱하면 정말로 목숨을 잃을 수 있어요. 그러니까 너무 긴장 풀지 말고, 최대한 열심히 해보자구요."
"[오, 학생회장님 포스가 나오네.]"
"시끄러워요, 선배."
아이리는 사일런스의 농담을 일축했다.
옆에서 레이나는 은근히 사일런스의 손등을 꼬집었다.
"아무튼! 다들 준비됐으면. 티켓 받아요."
아이리는 멤버들에게 티켓을 배부했고, 그들은 각자 티켓을 손에 쥐었다.
언제든지 찢을 수 있도록.

"셋 둘 하나 하면 동시에 찢는 거예요."
"[신기한 물건이네, 참.]"
"선배…… 최근에 헛소리가 늘었단 거 알아요?"
"[아악! 손등 꼬집지 마, 레이나! 알았으니까!]"

왁자지껄 분위기에서 아이리는 한숨을 쉬며 숫자를 세기 시작했다.

"셋."

멤버들은 티켓을 쥐었다.

"둘."

멤버들은 서로를 마주 보았다.

"하나."

찌익!

멤버들은 티켓을 찢었고.

그들의 형체는 일순간에 공기 중으로 녹아들었다.

그렇게 멤버들이 사라진 자리를 보며, 미유는 조용히 중얼거렸다.

"……다들, 조심해서 다녀오세요."

* * *

같은 시각.

미유로부터 특별반 학생들이 사냥터로 출발했다는 보

고가 들어왔을 때, 아론은 한창 마리아가 올린 서류를 검토 중이었다.

"……보고는 이상입니다."

"칼리아 쪽은?"

"현재 동향으론 미스테릭 테크노모듈스의 지분을 최소 23%까지는 확보할 것으로 보입니다. 최근에는 H&Q은행 총재와 은밀한 회담을 했다는 이야기도 있습니다. 높은 확률로 사실일 듯합니다."

"그래서?"

"조만간 H&Q 은행이 대출을 승인해 주면 '스팅레이 나노미스틱 랩스' 사의 지분을 50% 이상 가져가게 됩니다. 그에 따라 '테크노모듈스'의 지분을 2% 추가로 확보할 수 있습니다."

"총 25%인가. 만만찮군."

그렇게 중얼거리며 아론은 싱긋 웃었다.

상당히 여유만만한 얼굴이었고, 마리아로서는 그런 아론의 태도를 이해할 수가 없었다.

"도련님. 한 말씀드려도 되겠습니까?"

"말해 보도록."

"지금 너무 여유를 부리시는 것 같습니다."

마리아가 이렇게까지 직설적으로 말하는 경우는 무척이나 드물었다. 그만큼 불안해하고 있다는 뜻이었다.

"칼리아 아가씨의 움직임이 본격적으로 확인된 것이 몇 개월 전입니다. 가감 없이 말씀드리자면, 지금은 너무 늦었습니다. 뒤늦게 지분경쟁에 뛰어들어서 투표권을 확보하려고 해도, 최소 수 조 단위의 크레딧이 필요할 겁니다. 협력해 주려는 은행도 없을 것입니다. 엄청난 손해입니다."

"마리아."

"……네, 도련님."

"난 돈이 많다."

"……예?"

농담인지 진담인지 알 수 없는 말에 마리아는 황당함을 느꼈으나, 이 이상 말한다고 해도 아론이 들을 것 같지는 않았다.

"도련님……."

"칼리아는 각종 은행과 이사들을 설득시켜서 25%를 만들어 냈다고 했지? 뭐, 열심히 해 보라지."

"무슨 생각으로 그러시는 건지 조금만이라도 괜찮으니 말씀해 주시면 안 되겠습니까?"

"음."

간청하는 마리아에게 아론은 잠시 고민하더니 이렇게 답했다.

"조만간 도시 경제가 망가질 거다."

4장

스팅레이 엔터테인먼트 사장실.

"총 23.4%라······."

"죄, 죄송합니다, 사장님."

"오라버니와 테크노모듈즈의 계약 해지 이야기를 시장에 흘리면 매수에 유리해진다고 했던 건 당신 아니었나요? 최대 25%까지 확보할 수 있을 거라고 해서, 못해도 24%는 넘길 수 있을 줄 알았는데 말이죠."

"며, 면목이 없습니다."

"고작 고작 1% 남짓한 수치에 얼마만큼의 금액이 들어갔는지는 나보다도 당신이 더 잘 알 텐데요."

"······."

칼리아의 계속되는 추궁에, 그녀의 경제 자문은 안색이

창백해진 채로 고개를 푹 숙였다.

 칼리아의 말마따나 25%와 23.4% 사이에는 하늘과 땅 같은 차이가 있다.

 겨우 1.6%.

 하지만 그 가치는 수백억 크레딧에 달한다.

 으레 숫자 놀음이라는 게 이런 법이다.

 지구에서 달까지 쏘는 우주선이 0.01도만 각도가 틀어져도 목적지가 전혀 달라지는 것처럼, 도시정부에서 발표한 금리 0.1% 인상안에 여러 기업과 은행들이 골머리를 썩여대는 것처럼.

 1.6%의 차이는 칼리아에게 있어 자신의 생사가 걸린 무기를 하나 더 쥘 수 있느냐 없느냐의 차이였다.

 물론 그녀 역시 처음 목표였던 20%는 진즉에 넘겼으니 그나마 비교적 온화한 태도로 가볍게 질책하는 것이었다. 20%도 간당간당한 상황이었으면 오늘부로 경제 자문 자리를 갈아치워 버렸을 테지.

 "후우. 그래도 준비한 변명거리는 있겠죠?"

 칼리아는 등받이에 몸을 깊게 파묻으며 다시금 경제 자문 쪽을 쳐다봤다.

 스팅레이 가문 특유의 황금색의 눈동자가 자신을 향하자, 경제 자문은 맹수의 앞에 선 토끼가 된 것 같은 기분을 느꼈다. 그는 이마의 식은땀을 훔치며 대답했다.

"무, 물론입니다. 두 가지 이유가 있습니다."

"그럼 말해 보세요."

"첫째로는 아론 스팅레이 이사장과 드레이크 스팅레이 회장의 대응이 전혀 없었다는 점입니다. 현재 대부분의 언론이 스팅레이 재벌가의 경영권 경쟁을 관심 있게 지켜보고 있는 상황입니다. 전문가들 대부분이 두 분의 지분율 경쟁 과정에서 일시적으로 주가가 치솟았다가, 2주 후의 주주총회에서 경영진이 물갈이되면 다시 값이 떨어질 것으로 예상했습니다."

"그래서요?"

"하지만 이 과정에서 드레이크 스팅레이 회장님과 이사장님이 전혀 대응하지 않음으로써, 사실상 사장님께서 차기 회장으로 잠정 결정된 것으로 보는 시선들이 늘어났습니다. 또 어떤 쪽에서는 아론 스팅레이 이사장이 조만간 움직일 거라며 기대하는 시선도 있었죠."

내부 승계 싸움이 끝났다고 보는 사람은 그룹의 불안정성이 사라졌고 그에 따라 투자가치가 여전히 높다고 판단했다.

반대로 아론이 아직 움직이지 않았을 뿐이라고 보는 사람은, 조만간 남매가 화끈하게 붙으면서 주가가 폭등할 거라고 판단했다.

사람에 따라 이유는 달랐지만, 결국 '어쨌거나 이건 조만간 오른다.'라는 생각 때문에 주가가 계속 방어된 것이다.

"밖에서 보기엔 평화로운 집안이란 거군요."

"그런 셈이지요."

"오라버니가 아무런 대응을 하지 않은 것이 이런 식으로 작용할 줄은 몰랐군요."

쯧. 칼리아는 혀를 찼다.

한때는 차라리 다행이라고 생각했던 점 때문에 수백억의 손해를 보게 되었으니 참으로 아이러니한 일이었다.

"그럼 두 번째는요?"

"두 번째는…… 아무래도 '세력'이 붙은 거 같습니다."

세력(勢力).

일반적으로 세력이란 '권력이나 기세의 힘'을 의미하는 말이지만, 주식시장에서는 그 의미가 조금 달라진다.

'주식 매매를 통해 주가를 움직일 수 있는 충분한 자금력과 영향력을 지닌 개인이나 그룹'이라는 의미가 생기며, 때때로 그들은 시장 조작 논란의 대상이 되기도 한다.

즉, 누군가가 의도를 갖고 큰돈을 갖고 놀면서 주가로 장난을 치고 있다는 뜻이다. 당연히 경영권을 놓고 싸우려는 칼리아 입장에서는 눈엣가시 같은 존재가 아닐 수 없었다.

"뭐요? 누가 감히……!"

"아직은 조사 중입니다만, 신생 투자기업들이 여럿 붙

은 것 같습니다. 근데 아무래도 계속 파헤쳐 보니, 전부 돈세탁용 유령회사인 것 같습니다."

"돈세탁이요? 잠깐, 그렇다는 건……."

"방식을 보면 마피아 쪽이 붙었을 가능성이 있습니다. 최근 들어서 암흑가 쪽의 생태계가 바뀌었다고 들었습니다."

"……."

순간적으로 칼리아의 머릿속에 몇 달 전의 기억들과 함께 떠오르는 인물이 있었다.

그녀의 미간이 저절로 구겨졌다.

"사, 사장님? 왜 그러십니까?"

"아뇨. 무슨 상황인지 알 것 같군요. 그쪽은 제가 알아서 처리할 테니까 너무 신경 쓰지 마세요."

"하지만……."

"알아서 한다니까요."

칼리아가 날카롭게 말을 맺었다.

그러고서 일단 경제자문을 향해 나가 보라며 손짓했고, 곧장 비서에게 연락을 넣었다.

"오라버니랑 만나야겠어. 당장."

* * *

그로부터 몇 시간 후.

지난 몇 달 동안의 연락시도가 불발된 것이 무색하게, 아론은 오늘만큼은 칼리아의 연락에 흔쾌하게 응해 주었다.

최후의 수단으로 무력도 조금 동원했었던 칼리아로서는 참으로 생각이 복잡해지는 타이밍이 아닐 수가 없었다.

남매간의 저녁 식사를 빙자하고, 두 사람은 레스토랑을 통째로 대관하여 만났다. 흰 테이블보 위에 값비싼 음식들과 와인들이 자신들을 제발 먹어 달라는 듯이 아름다운 자태를 뽐내며 놓여 있었다.

하지만 칼리아는 그쪽에는 전혀 눈길도 주지 않고, 오직 아론의 얼굴을 바라보면서 입을 열었다.

"마침내…… 만나 주셨군요."

"오늘은 시간이 나더군."

"거짓말하지 말아 주세요."

칼리아는 조금 날이 선 목소리로 답했다.

물론 아론에 대한 그녀의 두려움이 사라진 것은 아니었다.

하지만 지금의 그녀는 어느 정도 믿는 구석이 있었다. 지난번에 무력시위 비슷한 걸 했던 것도 그것 때문이었고.

"지금이 타이밍이라고 생각하셨겠죠."

"뭘 말하는지 모르겠군."

"자연스레 퍼즐이 맞춰지더군요. 어째서 아버님은 차치하고, 오라버니께서 전혀 움직이지 않으시는 건지. 또 한창 E섹터 암흑가에서 범죄자들끼리 세력다툼이 벌어질 때 오라버니께서 무단결근하셨는지."

"사람이라도 붙여 놨었나?"

"아뇨. 오라버니 정도의 고레벨 적응자라면 아버님의 직속부대 닌자들 아니고서야 추적자를 붙여 봐야 소용이 없으니까요. 당연히 증거는 없고, 순전히 제 추측이에요."

칼리아는 크게 숨을 들이쉬고는 말을 이었다.

"오라버니는 몇 달 전, 김철수 파를 뒤에서 지원했던 거예요. 그 쓰레기들이 찾는 '드래곤'이니 뭐니 했던 것은 사실 오라버니였던 거죠. 오라버니는 김철수의 곁에서 힘을 빌려 주고, 세력이 커질 수 있도록 도왔어요. 덕분에 전쟁은 김철수 파의 승리로 끝나고, 그자는 암흑가의 제왕이 된 거죠."

"그쪽의 일을 용케도 그리 잘 아는군."

"시치미 떼지 마세요."

칼리아는 다시 한번 몰아붙였다.

"분명히 그 일에는 오라버니가 연관되어 있었어요. 그렇지 않고서야, 조직연합이 제가 제공해 준 나노머신과 모듈들을 들고서 김철수 파에게 그렇게 속수무책으로 당할 리가 없죠. 그리고 당연히 오라버니는 제가 그자들과 잠시 동안 교류를 했던 것까지 알고 있었을 테고요."

"글쎄. 모르겠군. 다만 여동생이 위험한 짓에서 손을 뗐다고 하니 다행이라고 생각할 뿐."

"……오라버니도 김철수 파를 뒤에서 조종하고 있으니, 제가 했던 짓을 약점으로 이용하지 못하는 거겠죠. 스코어 1:1이니까요."

아론은 칼리아의 대답에도 아무렇지 않게 스테이크를 썰었고, 칼리아는 계속해서 말을 이어 나갔다.

"그러니 절 흔들 생각은 하지 마세요. 오라버니가 마피아들의 검은 돈으로 주식에 장난질을 치고 있다는 사실쯤은 진즉에 파악했어요. 당장 정부 쪽과 연합해서 세무조사를 받게 만들어드릴 수도 있어요."

"재미있군."

아론은 나이프를 테이블에 내려놓으며 물었다.

"그래서, 뭘 바라는 거지?"

"제 승리를 인정하세요."

칼리아가 당당히 요구했다.

"제가 차기 회장이 되는 것을 방해하지 마세요."

"꽤 당당해졌구나, 칼리아."

"믿는 구석이 있거든요. 뭣보다 제가 가진 지분은 현

재 23%예요. 정정당당한 방법으로 쟁취한 승리 티켓이에요. 아버님도 분명히 인정해 주실 거고요. 그렇게 되면 아무리 오라버니라고 해도……."

"칼리아."

아론이 그녀의 말을 끊었다.

"다시 한번 말하지만, 원하는 대로 해라."

"……그 말이 진심이신가요?"

"그래. 거기에 대한 내 요구는 단 두 가지다. 하나는 앞으로 4년 동안 재단 이사장직을 계속 맡을 수 있게 해 달라는 것, 둘째는 지금 내가 관리하는 녀석들에게 손해를 끼치지 말라는 것."

"아뇨. 안 돼요."

칼리아는 즉답하며 고개를 저었다.

"오라버니께서 계신 스팅레이 재단은 그룹 전체에 있어서 굉장히 중요한 위치예요. 마음만 먹으면 그룹 전체 계열사 인사문제에 관여할 수 있는 위치죠. 거기를 4년이나 되는 기간 동안 내버려두라고요?"

"고작 4년이지 않나."

"무려 4년이죠! 4년 동안 재단 쪽을 통해서 그룹으로 영입되는 직원이 몇 명이라고 생각하세요? 몇 명? 몇십 명? 아뇨, 만 단위가 훨씬 넘어가요. 지금까지 오라버니께서 이사장직에 계시면서 손을 거쳐 간 학생들까지 포함하면 훨씬 더 많겠죠."

"……."

"오라버니께서는 그럴 의도가 없다고 하시더라도, 위험성은 인지해 주셔야 해요. 앞으로 20, 30년 정도 지나면, 오라버니의 아래에서 재단을 통해 배출된 직원들이 각 계열사의 요직을 차지하게 될 테죠. 그때 그들이 일제히 제게 반기를 들면 어떻게 하라는 거죠?"

"과대망상이다."

"과대망상이라고 하지 마세요. 현실이에요."

칼리아는 선을 그었다.

"저는 오라버니를 믿지 못해요. 하지만 이번만큼은 제가 믿어드릴 수도 있어요. 대신 이사장직에서 물러나시고, 앞으로 절대 그룹 내에서 영향력을 행사하실 생각하지 마세요. 그렇게 해 주시면 따로 제가 챙겨드릴 수 있어요."

"칼리아. 욕심이 많구나."

아론은 한숨을 쉬었다.

"과한 욕심은 화를 부르는 법이다."

"욕심이 아니라 조심스러운 것뿐이에요. 조심스럽게 애원하는 거라구요. 그리고 설령 욕심이라고 해도, 욕심 부리는 게 뭐가 나빠서요?"

"다시 한번 말하지만, 내가 양보할 수 있는 선은 거기까지다. 그렇지 않으면 나도 내 나름대로의 방법을 쓸 수밖에 없다."

"뭐, 뭘 하실 셈이죠?"

"안심해라. 이번엔 힘으로 나설 생각은 없다. 아무리 나라고 해도, 도시 전체에 있는 적응자를 상대로 무기를 휘두르며 싸우는 건 내키지 않거든."

"……!"

'불가능하다'가 아니라 '내키지 않는다'라는 점에 칼리아는 내심 경악했다.

"그러면요?"

"주주총회까지 앞으로 2주였나? 그때까지 제안을 받아들여라."

그렇게 말하고서 아론은 식사를 마치기도 전에 자리에서 일어났다. 결국 교섭은 결렬되었고, 칼리아는 입술을 깨물며 중얼거렸다.

"괘, 괜찮아. 오라버니가 현재 할 수 있는 건 없을 거야……!"

그리고 다음 날.

스팅레이의 주식이 요동치기 시작했다.

* * *

A섹터, 비트 애비뉴(Bit Avenue).

뉴 발할라 시티에서 가장 큰 증권거래소들과 주요 은행 및 투자회사들이 모여 있는 이곳은 명실상부한 도시 최고의 금융거리였다.

그리고 오늘도 어김없이 아침 9시가 되어 증권거래소를 찾은 증권 중개인과 트레이더, 마켓 메이커들은 개인적으로 지참한 자료들과 전광판에 흘러나오는 숫자들과 치열한 전투를 벌일 준비를 하기 시작했다.

그러던 그날.

그곳에 있던 모든 자들이, 한 기업의 주식 차트에 이목을 집중했다.

"스팅레이 쪽 차트가 이상한데……."

갑작스레 모든 스팅레이 상장계열사의 주식이 일제히 오르기 시작했다.

적게는 1%에서 많게는 3%까지.

물론 1~3%정도라면 그리 대단한 수치는 아니었다.

하지만 스팅레이 같은 메가코프의 추가는 하루에 1%이상 변동하기 쉽지 않다는 것을 고려하면 상당히 흥미로운 수치가 아닐 수 없었다.

전문가들은 다급하게 스팅레이 테크노모듈스를 비롯한 상장계열사들을 집중해서 분석하기 시작했고, 그중에서도 특출한 자들은 여러 루트를 통해 한 가지 사실을 알아내는 데에 성공했다.

-누군가가 주식을 마구 사들이고 있다.

-구매자들을 보니 이름 모를 신생 투자사들이다.

-이 타이밍에 이런 짓을 할 사람은 한 명밖에 없다.

-아론 스팅레이가 움직이기 시작했다.

본격적으로 남매간의 경영권을 둔 그룹 지분율 싸움이 시작되었다는 분석.

과감한 자들은 이때가 기회라며 당장 고래 싸움에 등 터진 새우 조각들을 받아먹을 생각으로 한복판에 끼어들었다.

반대로 신중한 자들은 이렇게 대놓고 움직이는 게 수상하다며 한 발을 빼기도 했다.

어쨌거나 이 소식은 당연히 칼리아의 귀에도 흘러 들어갔다.

"오라버니가 시작한 거겠죠."

"그럴 겁니다. 어떻게든 주가를 흔들어서 사장님께 상처를 입혀 볼 심산인 듯합니다."

"어떻게 하는 게 좋을까요?"

"일단 최대한 여유자금을 투자해서 방어선을 구축하는 게 좋을 듯합니다. 현재로서 할 수 있는 것은 그 정도겠지요."

"정말 그것만으로 괜찮을까요?"

칼리아는 영 불안한 듯 경제자문에게 물었지만, 돌아오

는 대답은 꽤 자신만만했다.

"괜찮습니다. 아론 스팅레이 이사장이 대응하려고 했다면 몇 개월 전부터, 길게는 몇 년 전부터 차근차근 준비했어야 합니다. 이렇게 갑작스레 뛰어들면 주가변동성만 커질 뿐입니다. 또 이미 증권가에 소문이 퍼졌습니다. 저희가 지나치게 애쓰지 않아도 자연스레 방어선이 구축될 겁니다."

"그럼 오라버니가 할 수 있는 건 없다는 뜻인가요?"

"그렇습니다."

경제자문은 호언장담했다.

"오늘 주가가 1% 오른 것만으로도 아론 스팅레이 이사장은 막심한 손해를 볼 겁니다. 또 아무리 암흑가의 돈을 끌어쓴다고 해도 한계가 있는 법입니다. 제정신인 사람이면 수천억 크레딧의 손해를 감당할 수가 없겠지요."

"……알겠어요."

"그래도 일단 혹시 모를 상황에 대비해 금융당국과 경찰 쪽에 찔러놓는 게 좋을 것 같습니다. 싹은 잘라두는 게 좋으니까요."

아론 스팅레이가 지닌 총알이 얼마나 되는지는 알 수가 없다.

암흑가의 수입 규모를 정확히 파악할 수 없으니 어쩌면 정말로 스팅레이 그룹을 통째로 꿀꺽 삼킬 수 있을 만한 돈을 들고 있을지도 모른다.

하지만 검은 돈은 결국 출처가 불투명한 돈이다.

그런 돈들이 과하게 쏟아져 들어오면 당연히 그 돈을 투자한 투자사들에 대한 세무조사가 들어갈 수밖에 없다.

그렇게 되면 아론의 무기는 자연스럽게 사라질 수밖에.

"이건 분명한 악수입니다. 저쪽은 제 발에 걸려 넘어질 겁니다."

경제 자문은 아론의 판단을 비웃었고, 사실상 승리한 거라며 일찌감치 칼리아를 축하했다.

하지만 칼리아로서는 좀체 불안감을 지울 수가 없었다.

'정말 그럴까? 정말 오라버니가?'

* * *

다음 날.

또다시 스팅레이의 주가가 치솟았다.

시장의 기대심리가 오른 것을 반영한다고 해도 꽤 상당한 수치였다. 스팅레이 정도 되는 메가코프급 주가가 이렇게 이틀 연속 급격한 상향곡선을 그리는 것은 흔치 않다.

칼리아로서는 시장상황을 이렇게 만든 것이 아론 스팅레이임을 알고 있기에 다소 불안감이 들기는 했지만……아무튼 호재라고 볼 수 있었다.

전날 경제자문이 말했던 것처럼 주가가 오르면 아론이 새롭게 지분을 확보하는 것도 쉽지 않아진다. 아론이 더더욱 격하게 움직일수록 칼리아를 지켜 주는 방어벽은 더욱 견고해질 것이다.

'이해할 수가 없네요.'

차라리 무기를 들고 협박을 했으면 칼리아로서는 아무것도 하지 못했을 수도 있다.

그가 지닌 압도적인 무력 앞에서 무릎을 꿇을 수밖에 없었겠지. 아론이 쓸데없이 '평화주의적'인 방식을 고집했기에 스스로 손해를 보고 있는 셈이다.

'정말 무슨 생각을 하시는 건지.'

하지만 굳이 아론 쪽에서 칼을 휘두르지 않은 방식을 선택해 준다면 칼리아 쪽에서도 마다할 이유는 없다.

칼리아는 어제보다 조금 더 마음에 여유가 생기는 것을 느끼며 잠에 들었다.

* * *

다음 날.

또 주가가 올랐다.

사흘 연속 상승한 것 자체는 별문제가 안 된다. 역시나 시장의 기대와 아론 스팅레이라는 거인의 발걸음이 합쳐지며 만들어 낸 효과일 뿐이니까.

문제는, 아론의 자본을 통해 만들어진 것으로 추정되는 투자사들이 대주주의 자격을 갖추기 시작했다는 점이다.

"계산 결과, 아론 스팅레이 이사장이 세운 투자사들의 지분이 2%까지 치고 올라왔습니다."

"그럼 총 16%군요."

현재 칼리아가 보유한 23%와 비교하면 7% 차이. 단 사흘 만에 차이를 그만큼 좁혔다는 사실에 조금 소름이 끼쳤다.

"상상 이상으로 마피아 쪽 돈이 많은 모양이군요."

"사업 방식이 일반적인 기업과는 다르니까요. 정크칩을 비롯한 마약 같은 종류는 수요가 무제한인 사기적인 상품입니다. 돈을 벌어들이는 방식이 다르죠."

"그건 잘 모르겠고요. 그래서, 이 상황을 어떻게 분석하시죠?"

"걱정 마십시오. 아무 문제 없습니다."

경제자문은 여전히 당당했다.

"말씀드렸다시피, 이럴수록 아론 스팅레이 이사장은 자기 목을 조르는 셈입니다. 오히려 미래까지 걱정해야 할 지경이지요."

 마치 위로 올라갈수록 가팔라지는 산과 같은 형태다. 아론이 공격적으로 계열사들의 지분을 매수할수록 주가는 치솟게 될 것이고, 그에 따라서 필요한 자금은 기하급수적으로 늘어난다.

"무려 7%차이입니다. 현재 주가 상승률을 고려했을 때, 이 격차를 메우기 위해서는 족히 조 단위의 크레딧이 필요하죠. 하늘에서 돈이 뚝 떨어지는 것이 아닌 이상, 그만큼의 자금을 마련하는 것은 불가능합니다."

"하지만 오라버니의 자금원은 암흑가인데요?"

"그렇대도 상관없습니다. 사장님께서 정부 쪽에 전화 한 통만 걸어 주시면 곧장 저쪽 놈들 전부 뒤집어 놓을 수 있습니다. 불법자금으로 찌를 수도 있고, 아니면 시장 교란으로 찌를 수도 있죠. 반대로 계열사 출자구조와 지분율을 조금씩 조정하는 식으로 방어할 수도 있습니다. 선택지는 많죠."

"……알겠어요. 퇴근해 보세요."

"넵."

활기찬 표정으로 정시 퇴근하는 경제자문.

칼리아는 그 뒷모습에 안심하면서도, 한편으로는 계속되는 불안감을 주체하질 못했다.

* * *

다음 날.
전 계열사 주식 시가가 올랐다.
아론의 투자사들은 여전히 매수를 멈추지 않았고, 지분율을 단번에 5%까지 확보했다. 출처를 알 수 없는 수천억 크레딧에 달하는 자금이 시장에 풀리기 시작한 셈이다.
각종 언론사들에서는 경제특집으로 최근 스팅레이 계열사들의 주가에 대해서 다루었고, 우려를 표했다.
부패하기로는 둘째가라면 서러운 뉴발할라 시티의 금융당국에서도 본격적으로 이번 건에 주목하기 시작했다.
공식 기자회견에서도 이번 사태를 유심히 지켜보고 있으며, 혹여나 시장건전성을 해칠 우려가 포착되면 발 빠르게 나서겠다고 다짐했다.
물론 그 말을 믿는 사람은 없었다.

* * *

다음 날.
또다시 주가가 치솟았다.

겨우 일주일도 지나지 않았는데 전 계열사의 주식이 무려 15%도 넘게 올랐다. 물론 상황이 상황이다 보니 오른 것 자체는 이상하지 않았다.

문제는 꾸준히 오르고 있는 아론의 지분율이었다.

"……18.9%까지 쫓아온 듯합니다."

"……불가능하다고 하지 않았나요?"

"죄, 죄송합니다. 너무 이례적인지라……!"

도대체 돈이 얼마나 많은 것인가.

아니, 얼마나 정신 나간 짓인가.

물건 값은 계속 오르고 있는데, 손해 보는 것은 전혀 아랑곳하지도 않고 일단 살 수 있는 대로 사고 있다.

더 이상한 점은 단번에 매수하는 것도 아니다. 일부러 더 비싸지라고 하는 것처럼 조금씩 매수를 이어 나가고 있었다.

"그래서, 이제 어떡하면 되는 거죠?"

"일단 정부 감사실에서 조사에 나선다고 합니다. 투자사들을 거래중지 상태로 만들고 그쪽을 전부 헤집어 놓을 겁니다. 쉽게 무너질 거라고 생각은 들지 않지만, 마피아 쪽과 커넥션이 있는 건 확실하니 잘만 한다면 무너뜨릴 수 있을 겁니다."

"알았어요. 믿어 보죠."

* * *

다음 날.

약속과는 다르게 정부 쪽에서는 움직이지 않았다. 기자회견을 통해 이번 스팅레이 그룹 관련 사태를 유심히 지켜보았지만 아직 섣부르게 손을 댈 만한 조짐은 보이지 않다는 식으로 발표했다.

한마디로 "우린 몰라. 너희 알아서 해."라고 손을 놔버린 것과 다름없었다.

"아니, 자, 잠깐만요. 이게 말이 돼요!? 제정신이야!? 지금 주식시장 어떻게 움직이는지 뻔히 보이는데 아무것도 안 하겠다고!?"

스팅레이 그룹의 전 계열사 주식이 요동치면서, 그에 따라 시장의 흐름도 이상해지기 시작했다.

스팅레이의 계열사가 아님에도 아무런 호재 없이 주가가 치솟거나, 갑자기 멀쩡하던 기업의 주가가 급락하기도 했다.

게다가 소비자 물가 쪽도 심상찮았다.

정체불명의 자금이 하늘에서 뚝 떨어져서 대량으로 시장에 풀린 셈이니 당연한 결과였다.

벌써부터 전문가들은 돈의 가치가 떨어지고 물가가 치

솟는 '인플레이션' 현상을 우려하기 시작했다.

그리고 무엇보다…….

"뭐, 뭐라고요? 지금 제가 잘못 들은 거 아니죠?"

"며, 면목이 없습니다."

"면목이고 뭐고 다시 제대로 설명해 봐요!"

"그게……."

경제자문이 말하기를, 아론의 약진을 막아세우기 위해 각 계열사의 순환출자구조에 살짝 손을 대는 방법을 고려해 봤는데도 전혀 소용이 없다고 했다.

아론은 현재 '스팅레이 미스테릭 테크노모듈스'의 주식뿐만이 아니라, 비상장 계열사까지 포함한 모든 주식들을 미친 듯이 사들이고 있다는 모양이다.

이 상황에서 출자구조에 손을 댄다고 해도 아론 쪽에 이득이 되면 되었지, 손해가 될 일은 없다는 관측이었다.

"마, 말이 돼요? 무슨 돈이 그렇게……!"

"저, 저로서도 이해가 안 됩니다. 벌써 아론 스팅레이 이사장이 투입한 자금은 조 단위에 달합니다. 암흑가에 돌아다니는 돈을 전부 동원한다고 해도, 이 정도 자금력은 말이 안 됩니다."

"그게 대체 어디서 난 돈인데요!?"

"모, 모르겠습니다……! 다만……."

그때였다.

사장실에 칼리아가 부리던 정보원이 다급하게 뛰어 들어왔다. 그는 당혹스러운 얼굴로 칼리아에게 보고했다.

"정부 관련 정보가 들어왔습니다."

"당장 말해 보세요."

"현 시장과 여야 정치인들 사이에 모종의 거래가 있었던 모양입니다."

"그게 무슨 소리죠?"

"몇 개월 전에 마피아 조직 보스가 체포된 사건을 계기로 시장 지지율이 급격하게 올랐잖습니까? 사실 그 과정에 야당 정치인의 도움이 있었고, 그 대가가 이번 사태에 대해서 정부가 방관하는 형태로 나타난 듯합니다. 그리고 이번 일을 주도한 정치인 중에 유력한 후보로 자일 스톰워커가……."

"미친놈들!"

칼리아의 입에서 욕설이 튀어나왔다.

평소 양갓집 규수스러운 모습만 보여 주던 칼리아가 그런 반응을 보이자, 그녀의 부하들은 굉장히 당혹스러워할 수밖에 없었다.

"당장 다 나가요!"

"사, 사장님……!"

"당장 나가서 뭘 해결하든, 아니면 적어도 해결 방안을 찾든 할 때까지 들어오지 마세요! 오라버니가 대체 어디서 어떻게 돈을 그렇게 끌어모았는지, 지금 남은 돈이 얼마지, 앞으로 어떡할 건지 대책부터 세워 오라고!"

칼리아는 신경질을 부리며 분노를 쏟아 냈고, 부하들은 그대로 사장실을 떠났다. 하지만 그들로서도 막막한 것은 마찬가지였다.

* * *

그리고 며칠 후.
주주총회가 코앞으로 다가온 날.
"사, 사장님……."
"말해 봐요. 오늘은 또 뭐죠?"
"……죄, 죄송합니다!"
경제자문은 칼리아에게 대뜸 무릎부터 꿇었다. 그리고 제발 한 번만 살려 달라는 듯이, 등을 돌리고 서 있는 칼리아에게 눈물을 흘리며 고했다.
"아무래도 저희가…… 진 것 같습니다……."

5장

5장

"최근 여러모로 시끄럽더구나."

"……."

주주총회 하루 전날, 스팅레이 회장의 저택.

내 기억엔 이것이 회장과의 세 번째 대면이다.

분기에 한 번도 채 보지 않고 있는데, 이게 과연 아버지와 아들이라 불러도 되는 관계인가 싶다.

뭐, 그 부분은 이제 와서 지적하기에는 너무나도 새삼스러운 문제긴 했다. 나는 쓸데없는 생각을 집어 치우고 본론으로 돌입했다.

"무슨 일로 부르셨습니까?"

"자식들이 요란하게 싸우고 있는데, 말리지 않을 부모가 어디 있더냐. 장남에게 잔소리 좀 하려고 불렀다."

"농담하지 마시죠."

"농담이라니?"

"회장님이 칼리아를 부추기셨잖습니까."

나는 담담한 투로 따지고 들었다.

그래, 만약 스팅레이 회장이 마음만 먹었으면 칼리아가 싸움을 시작하기도 전에 막아 세울 수 있었을 것이다.

칼리아가 이사진들과 주주들, 은행들을 설득하여 공격적으로 계열사들을 인수할 때도 나 몰라라 하며 손을 놓고 있던 인간이, 내게만 뭐라고 나무라는 것은 이상했다.

"대체 무슨 생각을 하고 계시는 겁니까?"

스팅레이 회장은 분명히 자신의 목표가 '천공룡'이라는 드래곤을 쓰러뜨리고 인류의 자유를 되찾는 것이라고 했다. 사실상 나의 편을 들겠다고 선언한 셈이었다.

하지만 회장은 그런 것치고는 이상하리만치 아무것도 하지 않는 중이다.

칼리아가 천공룡의 하수인이 된 상황을 뻔히 알고 있으면서도, 마치 치매 걸린 노인처럼 그 상황을 멍하니 지켜보고만 있었던 것이다.

아니, 그뿐만이 아니다.

"애초에 칼리아가 저렇게 날뛰기 시작한 이유 역시, 거슬러 올라가다 보면 회장님이 원인이 아닙니까?"

칼리아가 왜 저러는지는 뻔하다.

개인적인 욕심도 물론 있겠지만, 처음 그녀의 행동력에 불을 붙인 것은 다름 아닌 스팅레이 회장이었을 것이다.

직접 본 것은 아니지만 아마 베네딕트에게 그러했던 것처럼 칼리아에게 압박을 넣었겠지.

칼리아는 그 압박에 못 이겨서 살아남기 위해선 자신이 반드시 싸움에서 승리해야 한다고 생각했을 것이다.

말하자면 등 뒤에 총구를 겨눈 사람 때문에 돌격할 수밖에 없는 상황이다. 그리고 그 과정에서 마피아와도 잠시 손을 잡았고, 결국에는 '천공룡'이라는 든든한 뒷배까지 손에 넣었다.

그때부터 칼리아의 눈에는 승기가 아른거리기 시작했을 것이다. 스팅레이 회장도 묵인한 것처럼 칼리아의 행보에 딱히 태클을 걸지 않았고, 나 역시 의도는 달랐지만 그녀를 막아 세우지 않았으니까.

아니, 칼리아는 사실 멈출 수도 없는 상황이었다. 그녀는 지분 확보 과정에서 여러 사람의 힘을 빌렸고, 어쩔 수 없이 그 사람들에게 빚을 지게 된 상태였다.

그때쯤 되면 이미 나와 싸우게 되는 것은 필연이었다.

설령 내가 무력 다툼으로 나선다고 해도 그녀는 멈출 수 없었을 테지. '그룹 회장직'이라는 상금을 따서 그녀를 도운 여러 빚쟁이들에게 갚아야만 했을 테니까.

그리고 아이러니하게도, 나는 그것 때문에 물리적으로

5장 〈131〉

칼을 뽑을 수 없었다. 칼리아의 본래 성격으로 보자면 그녀가 폭주하고 있는 것은 명백해 보였기 때문에.

사람을 다루는 데에 능한 칼리아는 나보다도 훨씬 여론전에 강하다.

손쉽게 온갖 언론들을 매수해서 나를 공공의 적으로 만들 것이고, 그렇게 되면 농담이 아니라 나는 도시 전체를 적으로 돌려야만 한다.

승산은 둘째 치고 그것은 내게 전혀 달갑잖은 상황이었다. 그러니 칼을 빼드는 대신 나 역시 상대방과 같은 '돈'으로 싸우는 방식을 택한 것이다.

물론 이 역시도 부작용이 전혀 없지는 않을 테지만…… 적어도 사람들을 썰고 다니는 것보다는 훨씬 얌전한 방식이겠지.

어쨌거나 요약하자면.

칼리아가 폭주하게 된 시발점을 따지고 보면, 그 뒤에는 스팅레이 회장이 있었다.

의도했는지 아닌지는 알 수 없으나.

이 노인네가 원인이라는 것은 확실하다.

"대체 무슨 의도로 그러셨습니까?"

나는 따지고 들듯이 캐물었다.

상당히 공격적인 어투였고, 이 도시의 황제에게 취해서는 절대로 안 될 태도였다. 스팅레이 회장 역시 불쾌했는지 그의 눈썹이 휘어졌다.

"……꽤 말투가 건방져졌구나."

"아버지가 건방진 여동생만 감싸고돌면 화가 나는 게 당연하지 않습니까?"

"뭐라?"

내 코웃음 섞인 대꾸에 스팅레이 회장은 일순 미간을 찌푸렸다. 하지만 그것도 잠시, 그는 폐에 구멍이 뚫린 사람처럼 바람 섞인 웃음을 크게 터뜨렸다.

"허허헛! 그래, 상당히 재치 있는 답변이었다. 이번 한 번만 봐주도록 하마."

그는 이내 웃음기를 진정시키며 작게 기침을 몇 번 했다.

"칼리아는 베네딕트와 마찬가지로 실패작이었다. 자고로 진정한 의미로 '군주'가 되기 위해서는 주변의 간신배에게 흔들리지 않을 굳은 심지가 필요한 법이다."

"그러니까 그게 천공룡과 무슨 상관입니까? 이미 회장님은 저를 천공룡을 쓰러뜨릴 패로 내세우기로 하신 거 아니었습니까?"

"장기말이 말을 듣질 않으면 무슨 소용이더냐."

"……예?"

스팅레이 회장의 빛바랜 노란색 눈이 나를 노려보기 시작했다.

"네놈은 과연 천공룡과 싸워야만 하는 것인지부터 의심하고 있잖느냐? 정말로 그게 위험한 존재가 맞기는 한 것인지, 쓰러뜨려야 할 필요성이 있는지 확신하질 못하지. 그런 상황에서 내가 '놈과 싸워라'라고 지시한다 해서, 네가 듣겠느냐? 한 번도 본 적 없는 도마뱀보다도 이 아비를 훨씬 더 의심하고 있는데?"

"……."

정곡이 찔려서 아무 말도 하지 못했다.

실제로 나는 천공룡을 반드시 쓰러뜨려야 하는 것인지, 과연 적대적인 존재가 맞기는 한 것인지 고민하고 있었으니까.

"설령 내가 모든 이야기를 털어놓는다고 해도, 너는 그 진위를 의심할 것이다. 반대로 네놈이 소중하게 여기는 것을 인질로 삼는다면, 네놈의 칼은 나를 향하겠지. 그렇지 않느냐?"

"……."

조금 안일하게 생각하고 있었다.

스팅레이 회장에게 사람의 속내를…… 영혼을 읽어 내는 능력이 있다는 사실은 알고 있었을 텐데.

그런데도 '직접 마주치지만 않으면 괜찮지 않을까?'하는 안일한 생각을 하고 있었다.

그리고 그 대답은 '전혀 아니다'였다.

아마 내 스스로가 그런 생각을 자각하기도 전에, 회장은 내 생각을 꿰뚫어 보고 있었을 것이다. 내가 어떤 사람인지 파악하고, 몇 개월 전부터 판을 짜두었던 거겠지.

그리고 그렇다는 것은…….

"결국 칼리아는 미끼였다는 겁니까?"

"이해가 빠르니 좋구나. '예전 녀석'은 타인의 생각 따위를 이해할 의지가 없어서 조금 다루기 곤란했지. 물론 머리 자체는 똑똑했다마는."

'예전 녀석'이라 함은 내가 빙의하기 이전의 아론 스팅레이를 말하는 것이리라.

"칼리아의 뒤에는 천공룡이 있다. 현재 그 아이가 하는 일련의 행동들은 본인의 의도이기도 하고, 본인의 의도가 아니기도 하지."

"그게 무슨 의미입니까?"

"보면 알 것이다."

"무엇을 말입니까?"

스팅레이 회장은 내 질문에 대답하지 않고 창문 쪽으로 시선을 돌렸다. 그러고는 혼자서 아련하게 중얼거렸다.

"……내일이 기대되는구먼."

그의 빛바랜 황금색 눈이 대체 무엇을 바라보고 있는 것인지, 나로서는 알 수 없었다.

* * *

 칼리아와의 싸움은 사실상 내 승리로 끝났다고 할 수 있었다.
 물론 스팅레이 회장의 발언 때문에 영 찜찜한 부분이 남아 있었지만, 그 망할 노인네의 속내를 완전히 파헤치는 건 사실상 불가능하다.
 그의 말마따나 뭔가 사건이 벌어진다고 하면 내일이나 되어야 알 수 있을 것이다. 그러니 그 전부터 괜히 마음 졸이면서 안절부절못하는 것도 참으로 어리석은 짓이겠지.
 회장의 저택을 떠나 아카데미로 복귀한 나는 미유의 기숙사 방으로 향했다. 사냥터로 향했던 녀석들이 슬슬 복귀할 시간이 되었기 때문이었다.
 똑똑.
 문을 두드리자 [이사장님 오셨다!]하고 외치는 소리가 들렸다. 아무래도 녀석들이 이미 돌아온 모양이었다.
 안쪽으로 들어가니 반쯤 만신창이가 된 채로 녀석들이 거실 소파 등에 널브러져 있었다. 그나마 아이리가 낑낑거리며 자리에 일어나서 힘겹게 날 맞이했다.
 "이…… 이사장님 오셨어요? 다들 일어나-."

"무리해서 일어날 필요 없다. 피곤했을 테니 쉬어도 된다."

나는 팀의 리더로서 예의를 갖추려는 아이리를 만류했다. 그러면서 다른 녀석들을 돌아보니 하나같이 꾀죄죄하달까…… 고생을 심히 한 얼굴들이었다.

뉴 발할라 시티의 계절은 봄을 지나 여름으로 접어들고 있건만, 녀석들은 전부 한겨울 옷차림이었다.

거실 중앙에는 난로가 놓여 있었고, 기숙사 방의 보일러도 빵빵하게 돌아가는 중이었다. 게다가 있는 이불 없는 이불 죄다 끌고와서 하나씩 덮어쓰고 있었다.

얼음 지역에 갔었던 모양이구나.

지난번 내가 [블랙아웃] 모듈 재료들을 모으기 위해 향했던 사냥터였다. 아이리의 어깨에도 아직 눈이 덜 녹아서 쌓여 있는 걸 보면 거기가 분명해 보였다.

"고생이 심했던 모양이지."

"아니라고는 말 못하겠네요……."

아이리도 못 참겠는지 슬그머니 난로 쪽으로 자리를 옮기면서 대답했다.

사일런스는 LED 마스크가 냉기 때문에 얼어붙어서 깨져 있었고, 레이나는 이를 딱딱 부딪쳐 대고 있었다.

호법은…… 통째로 얼음덩어리가 되어 있었다. 순간 죽은 줄 알았는데 여전히 생체 반응은 느껴졌다.

"⋯⋯저 녀석은 어쩌다 저렇게 됐지?"

"[말도 마. 이 자식, 괴물들만 보면 눈 돌아가서 달려든다고. 그러다 헛디뎌서는 갑자기 바닥으로 쑥 빠졌고.]"

"저희가 겨우 건져 냈을 때는 이미 이 상태였어요."

사일런스와 레이나가 차례대로 당시 상황을 설명해 주었다. 그러는 동안 미유가 열풍기로 열심히 호법의 몸을 녹이는 중이었다.

"⋯⋯정말 고생이 많았군."

"[그래도 수확은 상당했어.]"

그러면서 사일런스가 보여 주는 것은 신비 정수를 담은 앰플들과 신비 추출물, 수많은 모듈이 담긴 가방이었다.

솔직히 말해서, 진짜로 놀랐다.

녀석들이 가져온 양은 내 예상보다도 훨씬 많았다. 아무리 '밸런스' 문제 때문에 드롭율이 높았다고 해도 거기에 있는 괴물들의 수준을 고려하면 이 정도까지 가져오기 쉽지 않았을 텐데.

"위험하진 않았나?"

"글쎄요? 추워서 제 기관총이 얼어붙는 거 빼곤 그냥저냥 할 만했는데⋯⋯."

"[내 은신모듈도 얼어붙었지. 아, 그리고 신비 놈들을 잡자마자 시체가 얼어붙는 거 때문에 채취하기가 좀 힘들긴 하더라.]"

"예티가 트롤처럼 재생력이 뛰어나잖아요? 안 그래도 튼튼한데 추위 때문에 고려해야 할 게 많아서 힘들긴 했는데…… 그래도 전반적으론 할 만했어요."

"……!"

나는 속으로 다시 한번 놀랐다.

한동안 이런저런 문제 때문에 이 녀석들에게 전혀 신경을 못 써 주고 있었는데, 안 보는 사이에 엄청나게 강해졌구나.

역시 원작에 비해서 훈련 환경이 훨씬 좋아서 그런 거겠지. 나중에 실력을 다시 체크해 볼 필요가 있겠군.

"[그래서, 이 정도면 이번에는 얼마나 받을 수 있어?]"

"나중에 확인해 보고 알려 주마. 판매 가격이 나와 봐야 안다."

"[궁금한데, 당신이 이거 전부 어디에 파는 거야?]"

"비밀이다."

전부 포인트 상점에 팔고 있다.

내가 스팅레이 계열사의 주식을 사들였던 자금의 원천이 바로 여기였다. 암흑가 쪽에서 들어오는 대량의 돈들과 기존에 들고 있던 포인트들, 그리고 특별반 녀석들이 파밍해 오는 아이템들을 전부 팔아서 포인트로 치환한 후 크레딧으로 바꾸었다.

가장 낮은 등급의 비정제 신비 정수 하나가 수십에서

수백만 크레딧에 거래되는 걸 고려하면, 그 정도 자금을 버는 데에는 충분했다.

물론 지난번에 벌어 둔 채 쓰지 않고 쌓아 두었던 포인트가 가장 큰 역할을 하긴 했지만.

"고맙다. 도움이 되었다."

"[흥.]"

사일런스가 코웃음을 쳤다.

하지만 어깨가 조금 올라가 있는 것이 정말로 기분이 나빠서 그런 것은 아니겠지.

나는 옹기종기 모여서 난로의 열기를 쬐고 있는 녀석들을 한 차례 훑어보며 입을 열었다.

"정말로 다들 수고했다. 이제 한동안은 푹 쉬도록 해라."

"음? 그럼 다음 사냥터는요?"

"일단 그건 다음에 이야기하지. 컨디션부터 회복해라."

그러면서 나는 방을 빠져나오려 했으나, 아이리가 허겁지겁 자리에서 담요를 두른 채로 일어나더니 나를 붙잡았다.

"자, 잠깐만요."

"왜 그러지?"

"저, 정말 괜찮은 거예요?"

그러고는 뒤를 돌아보며 슬쩍 동료들의 눈치를 살피더

니 귓속말을 하기 시작했다.

"그…… 이번 건은 '회사'문제 때문에 돈이 필요해서 그러신 거죠? 그럼 혹시나 싶어서 그런데 제, 제가 모아 둔 돈이 있으니까 조금……."

쿵.

나는 아이리가 말을 마무리 짓기 전에 그녀의 이마에 살짝 딱밤을 튕겼다.

"아얏!"

"바보 같은 소리 하지 마라. 네 돈이지 않나."

"그, 그치만……."

"소중한 곳에 써라."

그러고서 나는 그대로 몸을 돌렸다.

"멍충이…… 그러려고 말 꺼낸 건데……."

등 뒤에서 아이리의 볼멘소리가 들려왔지만, 애써 무시했다.

* * *

또 비가 내린다.

이 도시에서는 하루가 멀다 하고 비가 쏟아지는 것이 일이니 당연하게 넘어갈 수도 있겠지만, 오늘만큼은 다소 고개를 갸웃거릴 수밖에 없었다.

차를 타기 위해 주차장으로 나가던 나는, 잠시 걸음을 멈추고 하늘 쪽을 노려보았다.

"마리아."

"네, 도련님."

"도시 근처에 괴물들이라도 왔나?"

"확인해 보겠습니다."

마리아는 곧장 이리저리 연락을 돌려서 확인해 보더니 1분도 안 되어서 답변을 내놓았다.

"아뇨. 별다른 소식은 없습니다."

"……그렇군. 알겠다."

"무슨 일로 그러시는지요?"

"날씨가 좋지 않아서 말이지."

이 도시에서 내리는 비는 100% 인공강우였고, 기상청에서 도시의 상황에 따라서 이를 적절히 조절하게 되어 있다.

당연히 시장 선거를 비롯한 주요 행사일이나 축제를 비롯한 대형 이벤트가 있을 때에는 기상청도 어지간해서는 비를 뿌리지 않는다.

지난 G20 기업총회에서도 그랬다.

도시를 지배하는 기업 총재들이 한자리에 모이는 거대한 이벤트이니만큼, 그 전날까지 힘차게 비를 뿌리고 당일 되어서는 맑은 하늘을 유지했다.

그런데…….

"오늘은 정기 주주총회이지 않나."

스팅레이 정기 주주총회.

스팅레이 그룹이라는 도시의 황가가 앞으로의 미래를 위해 다양한 사항을 논의하고 결정하는 중요한 날에, 이렇게 꿀꿀하기 그지없는 날씨라니.

물론 나는 흐리거나 비가 오는 날을 딱히 싫어하지는 않긴 해도, 안티레인 특유의 톡 쏘는 냄새를 맡다 보면 멀쩡했던 기분도 나빠진다.

내가 그럴 정돈데 다른 까탈스러운 이사진이나 대주주들은 어떻겠는가?

"아무래도 총회 준비 측에서 기상청과 연락을 제대로 취하지 않은 모양입니다."

"잘리겠군."

"그렇겠지요."

어지간한 일은 로봇과 기계에게 맡기고 자동화된 공장이 대량으로 상품들을 찍어 내는 이 세상에도, 사람의 실수…… '휴먼 에러'는 한 번씩 벌어질 수밖에 없는 법이다.

그러니 이번에도 아마 실수겠지.

그렇게 가벼이 넘기며, 나는 리무진에 몸을 실었다.

＊　＊　＊

-자, 잠깐 저거……!
-황태자다! 아론 스팅레이가 왔어!
찰칵찰칵찰칵!
이제는 미친 듯이 쏟아지는 기자들의 플래시 라이트 세례에도 익숙해졌다. 리무진에서 내린 직후, 나는 마리아와 함께 본사 건물 쪽으로 발걸음을 옮기기 시작했다.
기자들은 그런 나를 둘러싸고 미친 듯이 질문을 쏟아내기 시작했다. 아마 다른 재벌들과 다르게 경호원을 쓰지 않아서 접근하기 쉽다고 여긴 모양이다.
-스팅레이 이사장님! 여기 좀 봐주세요!
-VBS에서 나왔습니다! 최근 스팅레이 계열사들의 비정상적인 주식 변동에 대해서 하실 말씀 없습니까!?
-이사장님과 마피아 쪽이 모종의 거래를 했다는 의혹이 있습니다. 한 말씀 해 주시죠!
-이사장님과 스팅레이 엔터테인먼트의 칼리아 사장과의 지분율 경쟁으로 인해 서민들의 삶이 더욱 불안정해졌다는 의견이 있습니다. 어떻게 생각하십니까!
"비켜 주시죠."
나는 일부러 불쾌하다는 듯이 목소리를 낮게 깔며 경고

했고, 그에 겁을 먹은 기자들은 꿀 먹은 벙어리가 되어서 우르르 양옆으로 물러났다.

열정이 과한 건지 아니면 눈치가 없는 건지 모를 젊은 기자 하나가 끝까지 내게 달라붙으려다가 선배에게 꿀밤을 맞고 끌려 나가는 모습이 얼핏 보였다.

나는 그것들을 전부 무시하고서 사옥으로 들어갔고, 정기 주주총회가 열리는 대회의실로 곧장 이동했다.

조금 늦게 도착해서 그런지 회의실은 이미 북적거렸다.

출입을 허락받은 기자들은 열심히 촬영과 인터뷰를 준비 중이었고, 각 일반주주들은 회의실 정면을 바라보는 좌석을 차지하고 있었다.

내 자리는 회의실 중앙 연단 좌측 테이블.

연단 스크린에는 '스팅레이 그룹 정기 주주총회'라는 문구가 화려하게 빛나고 있었다. 그러다 문득 맞은편 이사진 자리에 앉아 있던 인물과 슬쩍 눈을 마주쳤는데…… 다름 아닌 칼리아였다.

나는 그녀와 눈을 마주치며 가볍게 인사했다.

"칼리아. 잘 지냈나."

"……오라버니."

두려움과 분노가 섞인 표정이었다.

그리고 패색이 만연한 얼굴.

그 표정 덕분에 내가 선택한 전략이 틀리지 않았다는 것을 확신할 수 있었다. 이런 자리에서까지 굳이 여동생을 상대로 티배깅을 하고 싶은 마음도 없었고, 칼리아도 주변 이사진들과 논의하느라 여념이 없는 것 같으니 그냥 내버려두기로 했다.

 칼리아와의 신경전은 싱겁게 끝났다.

 얼마쯤 기다리자, 내가 김철수와 제렌을 통해 만들어 놓은 유령투자사들의 바지사장들도 하나둘씩 들어왔다.

 그들은 한껏 어깨에 힘이 들어간 표정으로 내게 깍듯하게 인사하며 각자의 자리를 찾아갔다.

 반대로 칼리아 쪽에 붙기로 결정한 이사와 주주들도 하나둘씩 회의실로 들어와 나와 불편한 눈빛 교환을 하고서는 얌전히 의자에 앉았다.

 그리고 마지막으로······.

 "회장님 들어오십니다."

 뉴 발할라 시티의 황제.

 스팅레이 회장이 휠체어에 몸을 실은 채 현 임원진들과 함께 느릿느릿 회장에 입장했다. 본격적으로 기자들이 카메라를 움직이기 시작하는 소리가 들려왔다.

 어느덧 대회의실의 높은 천장 아래, 수백 명의 주주들이 전부 모였다. 모든 이가 자리에 앉고, 카메라의 셔터 음들도 조금씩 잦아들 때쯤.

"존경하는 주주님들."이라는 문구로 시작되는 대표이사의 개회선언과 함께.

스팅레이 그룹의 정기주주총회가 시작되었다.

* * *

대표이사의 개회선언 이후에는 매년 해 왔던 대로 자연스럽게 회의가 진행되었다.

출석한 주주들과 그들의 의결권 확인.

의사 일정 승인과 경영진의 보고.

재무제표 및 감사보고서 승인 등의 과정이 차례대로 이루어졌다.

그 과정에서 칼리아 측 인사들이 계속해서 태클을 걸어왔다. 최근 낮아진 스팅레이 제(制) 모듈들의 시장 점유율, [신비]들의 발톱에 무너졌던 생산콜로니에 대한 지적들.

'슬슬 시동을 걸기 시작하는군.'

말투는 부드러웠지만, 어떻게든 현 경영진들의 부족함을 지적하고 깎아 내리기 위한 움직임으로밖에 보이지 않았다.

아니나 다를까.

이번 주주총회에서 가장 메인 이벤트가 다가오자 그들

은 본격적으로 본색을 드러내기 시작했다.

"존경하는 주주 여러분. 다음 안건으로 이사회의 선출 및 재임에 관한 사항을 논의하겠습니다. 오늘 우리는 드레이크 스팅레이 회장을 비롯하여, 이사회 멤버들 중 5명의 임기가 만료되는 바. 새로운 이사 선출 또는 현 이사의 재임을 결정해야 합니다. 발표하실 내용이 있으신 분은 연단으로 나오셔서 의견을 나누어 주시기 바랍니다."

회의실은 잠시 침묵에 휩싸였다.

예년 같았으면 아무도 연단에 서지 않았을 것이다. 혹은 스팅레이 회장의 재임을 지지하는 자들이 연단에 서서 연설을 읊었을 것이다.

하지만 오늘은 달랐다.

칼리아는 조용히 자리에서 일어나 연단으로 향했고, 마이크에 대고 입을 열었다.

"존경하는 주주님들."

칼리아의 말이 시작됐다.

"오늘 우리가 모인 이유는 변화를 위한 것입니다. 지난 200년간, 우리 스팅레이 그룹은 뉴 발할라 시티의 가장 중요한 기둥으로서 역할을 자리매김해 왔습니다. 이 모든 공은 현 회장이신 드레이크 스팅레이 회장님의 위대한 업적입니다. 허나-."

칼리아의 음색이 바뀐다.

"이는 우리 회사가 200년간 계속해서 비슷한 전략과 비전으로만 운영되어 왔다는 것을 의미하기도 합니다. 기술은 발전하고 세상은 바뀌고 있습니다. 그 변화는 더더욱 빨라지고 있지요. 그리고 저는 그 변화의 과정에서 과연 200년의 세월과 이어진 번영에만 익숙해져 버린 현 운영진들이 더 좋은 경영철학을 통해 더 나은 미래를 저희에게 보여 줄 수 있을지 우려스럽습니다."

그렇게 시작된 칼리아의 연설은 자연스레 현 운영진들의 현 실태에 대해서 꼬집기 시작했다.

반발을 살 만큼 지나치게 민감한 부분들은 자연스럽게 넘어가면서 적당히 문제의식을 느낄 수 있을 만한 부분들만 지적하면서, 연설을 통해 일반 주주들을 차근차근 설득해 나갔다.

'누가 써 줬는지 상당히 그럴듯하군.'

물론 개인투자자들의 지분율을 따지고 보면 그다지 높지 않겠지만, 칼리아는 이미 보유 지분율이 내게 밀리는 상황이다. 그녀로서는 지푸라기라도 붙잡는 심정으로 연설에 심혈을 기울일 수밖에 없었을 것이다.

그리고 당연히도, 그 상황을 마냥 지켜볼 내가 아니었다. 칼리아가 연단에서 내려오고 다음 발표 차례가 되었을 때, 이번엔 내가 자리에서 일어났다.

"존경하는 주주님들."

나 역시 비슷한 문구로 시작했다.

"칼리아 스팅레이 이사님의 우려를 이해합니다. 하지만 현 회장이신 드레이크 스팅레이 씨는 저희 그룹을 지금까지 잘 이끌어오셨습니다. 칼리아 이사님의 지적과 우려에는 어느 정도 공감하는 바입니다만, 단기적인 성과에 지나치게 집중한 탓에 장기적인 비전을 놓쳐서는 안 됩니다."

칼리아의 연설에 편승하여 내가 회장 후보로 나서는 방안도 있었지만, 그건 진짜로 싫었다. 본사에 돌아오면 아카데미 쪽은 당연히 손을 놔야 할 테고, 그것은 나로서는 전혀 달갑지 않았다.

고로 내가 택한 것은 현상 유지.

"현 회장님과 이사진들은 200년 동안 문제없이 회사를 이끌어 오셨습니다. 오랜 세월 동안 쌓인 노하우와 경륜은 결코 무시할 수 없을 것이며, 그런 그를 향해 변화에 적응하지 못할 것이라고 폄하할 수도 없을 겁니다. 우리는 안전성과 경험을 바탕으로 한 지속적인 성장을 추구해야 합니다."

내가 이런 말을 하게 되는 날이 올 줄이야. 참으로 회의감이 드는 순간이었지만, 어쩔 수 없다.

인생이란 참 아이러니한 법이다.

"드레이크 회장님은 이 회사의 역사이자 미래입니다."

그렇게 마무리를 지으며 나는 연단에서 내려왔다.

어떤 이들은 내 말에 고개를 끄덕였고, 어떤 이들은 회의적인 표정이었다. 반응을 살펴보자면 대략 반반이었으니, 급하게 준비한 연설치고는 성과가 나쁘지 않은 듯했다.

그렇게 칼리아와 내가 차례대로 연설을 끝낸 후에, 별다른 발표자가 없었기에 신임이사 후보들에 대한 조금의 숙고 시간을 거친 뒤에 투표 단계로 접어들었다.

"이제 각 이사 후보에 대한 투표를 진행하겠습니다. 주주님들께서는 각 후보에 대해 '찬성', '반대', 또는 '기권' 중 하나를 선택해 주시기 바랍니다. 투표는 비밀투표로 진행됩니다."

대표이사의 진행에 따라 참석자들은 각자 나누어 받은 전자패널을 들어 올렸다.

당연하지만 이번 투표에 대한 의결권은 보유주식 지분에 따라 달라진다.

'현재 내가 보유한 지분은 기존의 14%. 그걸 내 이름으로 추가로 9%에 유령투자사들의 차명으로 7%, 합쳐서 16%를 확보했으니까⋯⋯ 총 30%.'

현재 칼리아가 보유한 지분은 반올림하면 23% 정도다. 7%씩이나 차이가 나고 있으니 개미들이 전부 칼리아 쪽에 투표한다고 해도 결과를 뒤집기엔 한참 모자라다.

'안심해도 괜찮겠지?'

설마 스팅레이 회장이 여기서 물러나겠답시고 칼리아 쪽의 손을 들어 줄 리는 없을 터.

설령 그렇게 된다고 하더라도 다음에 이어질 경영진 투표 쪽에서 30%씩이나 들고 있는 내가 땡깡을 부리면 칼리아는 절대 회장이 못 된다.

사실 결과는 볼 것도 없는 투표였다.

이미 분위기부터 저쪽은 패색이 짙었으니, 나는 마음을 놓아도 될 것이다. 그렇게 마음먹으며 전자투표 패널에 적힌 '드레이크 스팅레이 재임'에 대해 '찬성'을 누르려고 했던 그 순간.

이상한 일이 벌어지기 시작했다.

뿌드득.

뿌드드득.

전혀 그럴 생각이 없었음에도 내 손이 강제로 움직이며 '반대' 버튼을 누르려고 한 것이었다.

'뭐, 뭐야……!?'

나는 다급하게 힘을 주어서 저항해 봤지만 저절로 팔이 움직이는 것을 거부할 수가 없었다.

이래서야 내 돈을 털어서 칼리아에게 표를 갖다 바치는 꼴이었다.

'이게 대체 무슨……!'

나는 긴박하게 [구름거미] 모듈을 활성화시켰고, 실의 장력을 이용하여 팔을 잡아당기는 식으로 재빠르게 찬성 버튼을 클릭했다.

그렇게 내 표는 던져졌다.

일단 급한 불을 끄기는 했지만, 등줄기에 식은땀이 흐르고 있었다. 그리고 동시에 열불이 뻗쳐올라, 자리를 박차고 칼리아에게 항의하려던 그 순간.

대회의실에 감도는 이상한 분위기를 감지했다.

이상했다.

말로는 설명하기 어려웠지만.

무언가가 이상했다.

투표를 하는 주주들은 죄다 영혼을 잃어버린 사람처럼 멍하니 투표 패널을 바라보고 있었다.

내가 자리에 앉혀 놓은 투자사 바지사장들도, 회의실 맨 뒷열의 기자들도 나사 하나 빠진 사람처럼 아무런 행동 없이 멍하니 서 있을 뿐이었다.

말하자면 그 자리의 모두가 '인형'으로 바뀌어 버린 듯한 감각. 나를 제외한 모든 인간들이 무언가에 조종당하고 있는 듯했다.

"뭐가…… 어떻게 된 거지……?"

가장 먼저 의심이 들었던 것은 누군가가 '마법'을 통해 인간들을 조종하는 상황이었다. 하지만 이 정도로 수많은 사람들을 단번에 다룰 수 있는 마법이라면 분명 강력한 마력이 느껴졌을 터.

현재 내 센서는 잠잠하기 그지없었다.

그리고 그때.

나를 제외하고 유일하게 제정신인 사람이 있었다. 그는 회의실 중앙 회장석에 앉아서 나를 바라보며 낄낄대며 웃어 댔다.

"당황했느냐?"

그리고 내가 이 상황에 대해 설명을 요구하기도 전에, 그가 입을 열었다.

"이게 '천공룡'의 방식이다."

6장

"이게 천공룡의 방식이다."

천공룡.

재미있게도 그 이름을 듣자마자 나는 도리어 안심하고 말았다.

원인을 알 수 없었던 불가사의한 현상에 '드래곤'이라는 이유를 덧붙이니 오히려 나아갈 방법을 찾아낸 듯한 기분이라고 할까.

상대를 몰라서 무엇을 어떻게 해야 좋을지 모르는 것보다는, 헤아릴 수 없이 강한 상대라도 명확한 적이 존재하는 편이 나로서는 조금 더 마음이 놓이는 느낌이다.

"재미있는 반응이구만."

나는 아무 말도 하지 않았음에도 스팅레이 회장은 내

속을 뻔히 읽었다는 듯이 껄껄 웃었다.

다른 이들과 달리 그는 이런 상황에서도 자유롭게 움직일 수 있는 것처럼 보였다.

다른 사람들과 회장의 차이는 무엇인가.

또 회장은 둘째 치고 왜 나는 멀쩡한 것인가.

우선은 그 비밀을 파헤쳐 봐야겠지.

"지금 무슨 일이 일어난 겁니까?"

"보이는 대로이지 않나? 모두 그 도마뱀에게 목줄이 매인 상태지. 지금 '놈'이 이 자리에 있는 자들에게 '목숨을 끊어라'라고 지시한다면 네놈과 나를 제외하면 모두 혀를 깨물고 죽을 테지."

아마도 최면술 같은 마법인 모양이다.

그것도 사람의 목숨 정도는 아무렇지 않게 빼앗을 수 있을 만큼 무척이나 강력한.

하지만 그렇다고 치면 어째서 내 마력센서에 지금 이 순간에도 아무런 반응이 없는 것일까?

"아시는 게 있다면 제대로 설명해 주시죠."

"글쎄다."

스팅레이 회장은 이 상황이 유흥거리라도 되는 것처럼 킬킬 웃어 댔다. 평소에는 당장이라도 관 속에 들어갈 시체처럼 생기가 없었던 주제에, 지금은 뭐가 그리도 즐거운지 얼굴에 장난기가 만연했다.

"……."

 저쪽이 알려 줄 생각이 없다면 더 매달려 봐야 시간 낭비다. 스스로 해결 방법을 찾아보기 위해 나는 자리에서 일어나 회장을 한 바퀴 돌며 주변을 살펴보았다.

 하지만 딱히 소득은 없었다.

 '에반젤린이나 미유를 데려오지 않는 이상 나 혼자 무슨 마법이나 기술을 썼는지 알아내는 건 무리일 테지.'

 그나마 알아낸 것이라고는 회의실에 있던 주주들 전원이 스팅레이 회장 연임에 대해 반대표를 눌렀다는 점이었다.

 칼리아 쪽 사람들은 말할 것도 없고 심지어 내가 앉혀 놓은 바지 사장들도 마찬가지였다. 이대로 최면을 풀어 버린다면 이사회를 재구성하는 쪽으로 결정 나게 될 것이다.

 '이 상황은 좀 곤란한데.'

 그런 생각을 하는 것과 동시에.

 스팅레이 회장이 다시 입을 열었다.

 "생각했던 시나리오대로 흘러가지 않아서 난처해진 모양이구나."

 "제가 아니라 회장님 쪽이 아닙니까? 저는 칼리아가 경영권을 가져가더라도 크게 상관은 없습니다만."

 "그래? 그럼 내가 이 자리에서 스스로를 물러나게 하는 쪽에 표를 던져도 상관없겠다는 의미겠구나?"

"……."

칼리아가 확보한 표는 23%에 최면 마법 때문에 저쪽으로 넘어간 표가 7%. 기타 주주들의 표가 2~3% 정도.

23%+ 7%+ 3%= 33%.

반대로 내가 가진 표는 23%니까 여기서 나 혼자서는 무슨 수를 써도 칼리아에게 지고 만다. 여기서 회장이 지닌 19%를 합치지 않는 이상은 말이다.

"네가 정답을 맞힌다면 너를 도와주마."

"정답의 기준은 뭡니까?"

"알아서 판단해 보거라."

"……."

망할 영감탱이.

대체 무슨 생각을 하는 거냐.

나는 스팅레이 회장의 꿍꿍이를 파헤쳐 보려 했지만, 이내 포기했다. 뱃속에 구렁이 100마리쯤은 키우고 있는 노인네의 속내를 짐작하는 것보다는 차라리 다른 방법을 찾는 편이 나을 터.

'일단 최면부터 푸는 쪽으로 갈까.'

그 직후에 의결권자들에게 상황을 설명해서 투표 자체를 무효로 만드는 것이 그나마 제일 정석적인 방법일 것이다. 지금 내 안구카메라를 통해서 이 장면이 녹화, 저

장되고 있으니 증거는 차고 넘친다.

'문제는 마법을 어떻게 푸느냐인데…….'

정신 차리라고 뺨을 세게 때려 볼까 하는 생각이 일순 들었지만, 그런다고 돌아올 정도로 쉽지는 않겠지.

아까 나만 하더라도 팔이 저 혼자 움직이는 현상을 체험하지 않았던가. 괜히 깨우려다가 죄 없는 사람만 패는 결과가 될 거다.

그렇게 고민하던 와중, 문득 좋은 생각이 떠올랐다. 나는 곧장 창가로 다가가 커튼을 활짝 열어젖혔고, 하늘에서 무섭게 쏟아지는 빗방울을 노려보았다.

안티레인.

마법이라면 이게 효과가 직빵이다.

물은 답은 알고 있다고, 예전에 비슷한 식으로 최면에 걸렸던 사일런스도 이 물을 먹여서 정신 차리게 만든 기억이 있다.

마침 오늘은 안티레인이 내리고 있다.

일단 창문을 열든, 아니면 통째로 뜯어내든 비를 맞게 하는 방식을 쓰면…….

"말해 두지만-."

대뜸 스팅레이 회장이 입을 열었다.

"그건 좋은 수는 아닐 게다."

"그거야 일단은 해 보면 알 수 있겠……."

아니, 잠깐.

지금 회장이 뭐라고 했지?

안티레인이 좋은 수는 아닐 거다?

어째서? 안티레인은 마력과 관련된 모든 것들을 지우는 데에 탁월한 효과가 있지 않던가?

'마법이 아니다……?'

마력센서가 반응하지 않은 것으로 보아서 마법이 아닐지도 모른다.

근데 마법이 아니라면 무엇인가? 정체 모를 테크노 위자드가 단체로 뇌를 해킹하기라도 했다는 건가?

고민을 이어 가다가 문득 떠오른 의문.

'[안티레인]이라는 건 뭐지?'

깊게 생각해 본 적이 없었다.

원작에서 등장한 설정에서는 '마력을 지우는 특수한 화학약품을 섞은 비'라고 되어 있었다.

그리고 실제로 안티레인이 내릴 때마다 약품을 섞은 듯한 독특한 냄새가 길거리에 만연하기 때문에 그것을 의심한 적도 없었다.

하지만 조금 생각해 보면 이상하다.

마력은 생명체에게 강력한 독이고, 일반인들은 마력에 노출되면 세포 단위로 변이를 일으켜 죽거나 괴물이 된다.

적응자들의 체내에 있는 나노머신은 끊임없이 마력에 침식된 세포를 제거하고 새롭게 재생시키는 방식으로 마력에 대한 대응력을 갖춘다.

반면 안티레인은 대체 어떤 원리로 마력을 지우는 것인지 알 수 없다.

어째서 기업들은 안티레인 속 화학약품을 조금 더 폭넓게 활용하지 않는 것일까? 그것만 있으면 굳이 '적응자'가 없이도 어느 정도 [신비]들에 대한 대응력을 갖출 수 있는 것 아닌가?

또 안티레인 속 화학약품을 응용하여 탄환에 넣는다든가, 무기를 만든다든가 하는 방법도 얼마든지 있을 수 있다.

하지만 나는 원작은 물론 이 세계에 와서도 안티레인을 응용한 무기는 한 번도 본 적이 없었다.

대체 왜?

단순히 다른 방식으로 사용하기 어려워서? 기술적인 한계 때문에? 처음에는 그렇게 생각했지만 지금 이 순간, 과연 정말로 그런 이유 때문일까 하는 의심이 들기 시작했다.

그리고 무엇보다—

'이 자리에 참석한 자들의 공통점.'

나와 스팅레이 회장을 제외하고 주주총회에 참석한 모

두가 최면에 걸린 상태였다.

그 말인즉슨 모든 이가 공통적으로 '어떤 조건'을 만족시켰다는 의미였다. 현재 회의장 내에서는 아무런 마력도 감지되지 않으니, 적어도 외부에서 특정 마법과 접촉 후에 이곳에 입장했다고 추측할 수 있겠지.

하지만 당연하게도 이 자리에는 무척이나 다양한 사람들이 참석했다. 나 같은 고레벨 적응자도 있고, 일반인도 있고, 최상류층이 있는가 하면, 중산층의 기자들도 있다.

과연 이렇게나 다양한 조건의 사람들에게 일제히 최면을 걸기 위해 천공룡이 쓴 방법은 무엇일까?

참석자를 일일이 찾아다니면서 마법을 건다? 아니면 입구 쪽에 누구도 눈치채지 못할 함정 같은 것을 깔아 두었다?

물론 가능성이 전혀 없는 것은 아니지만…… 내 추측은 달랐다.

"안티레인……!"

[신비]들을 물리치는 불가사의한 비.

이 도시에서 살아가는 사람은 반드시 한 번쯤은 이 비를 맞게 되어 있다.

불가항력으로 비가 몸에 튀어서 젖은 적도 있을 테고, 비가 증발해 생긴 수증기를 들이마신 적도 있을 테고, 또 폴른 구역 같은 곳에서는 아예 이 비를 생활용수로 쓰고 있다.

이 도시의 모두가 빗속에서 살고 있었다.

이 도시의 모든 인간의 피에는, '안티레인'이 흐르고 있다고 해도 과언이 아니다.

생각이 거기까지 다다른 순간, 내 시선이 저도 모르게 스팅레이 회장 쪽으로 향했다.

스팅레이 회장은 흥미로움이 반, 애석함이 반 섞인 표정으로 대답했다.

"그래. 그게 정답이다."

* * *

"이 도시는 용의 아가리 속에 있는 게다."

스팅레이 회장은 쇳소리가 섞인 목소리로 천천히 입을 열었다.

"이 비에는 천공룡의 '피'가 담겨 있다. 오래전 그렇게 계약을 맺었지."

"'계약'…… 말입니까……?"

"어리석은 판단이었다고 비난할 생각일랑 말거라. 우리에겐 그 길밖에 남지 않았었으니."

회장의 빛바랜 눈 속에는 메마른 사막의 풍경이 비치는 듯했다. 그리고 그 안에는 굶주림과 피로, 두려움, 절망으로 가득한 사람들의 모습이 스쳐 지나간다.

"우리는 무척이나 지쳐 있었다. 대륙 어느 곳에도 안전한 곳은 없었다. 대륙은 물론 모든 섬도 마찬가지였지. 어느 곳으로 가도 괴물들이 득실거렸고, 어느 곳을 가도 이미 놈들에게 빼앗겨 다른 세계가 되어 있었다. 그 이상의 방황은 어려웠기에, 결정할 수밖에 없었다."

이전에도 들은 이야기였다.

이 도시를 세우기 위해서 스팅레이 회장은 드래곤과 계약을 했었다고.

"그리고 이 비는 천공룡이 우리에게 내린 선물이자 저주였지. 지금은 '안티레인'이라는 이름으로 불리게 되었지만 '천공룡'이라는 이름처럼 인간이 일방적으로 붙인 것일 뿐이다."

"정확히 안티레인이라는 게 뭡니까?"

"천공룡의 '세포'…… 라고 하면 다소 구역질이 나겠구나. 차라리 '의식(意識)'이라고 하는 편이 좋겠지."

"왜 미리 말씀하지 않으셨습니까?"

"미리 말했다면 뭐가 달라졌으리라 보느냐? 아니겠지. 네놈은 나를 전혀 믿지 않는다. 설령 천공룡이 이런 방식을 쓴다고 해도, 자신의 문제가 아니니 그러려니 하고 넘겼을 테지. 백문이 불여일견이라고, 직접 보여 주는 게 낫다고 판단했다."

"어제 말씀하셨던 것처럼 칼리아는 미끼에 불과하다는 의미인 겁니까?"

"칼리아는 천공룡의 선택을 받았다. 여러모로 다루기 힘든 네놈보다는 유능하지만 유약한 심성을 지닌 칼리아 쪽이 쓸 만하다고 판단한 거겠지. 이제 나 같은 낡아빠진 인형을 대신하여 저 아이를 자리에 앉히려고 한 것일 터."

"……."

생각이 복잡해진 내가 입을 다문 사이에도 스팅레이 회장의 설명이 이어졌다.

"어째서 너와 나만이 천공룡의 구속력에서 벗어날 수 있었는지 궁금하다면…… 네 경우에는 '오메가'의 세포를 이식받은 덕분이다. 그리고 나는 네 녀석이 잡은 드래곤으로 만든 혈청 덕분이지."

드래곤의 힘은 다른 드래곤의 힘으로 막는다는 것인가.

그때 '오랜 비원이 이뤄졌다'며 기뻐하던 회장의 심경이 이제야 조금 이해되는 기분이었다.

다만 여전히 의문은 남아 있었다.

"그럼 천공룡은 어째서 실험실에 갇힌 '그놈'이 도시로 들어왔을 때 적극적으로 나서지 않은 겁니까?"

"천공룡은 도시 전체에 영향력을 행사하기 위해 육신

을 버린 상태다. 실험실에 있는 그놈처럼 도마뱀의 형상을 하고 있는 게 아니라, 일종의 사념체라고 생각하면 편하겠지. 그 탓에 놈은 여러 부분에서 제약이 생겼고."

"사념체라면, 유령 같은 겁니까?"

"그렇게 볼 수도 있겠지만, 처음에 말하지 않았느냐? 우리는 그 도마뱀 놈의 아가리에 있는 거라고. 음…… 조금 과장을 보태어 말하자면……."

스팅레이 회장은 자조하듯 웃었다.

"이 '도시 자체'가 천공룡이라 할 수 있겠지."

* * *

"……."

나는 잠시 침묵을 유지했다.

어째서 그토록 스팅레이 회장이 '천공룡'에 대해서 경계했는지 이제야 알 수 있었다.

그의 말마따나 아무리 열심히 설명한다고 한들 나는 그것을 의심했을 테지.

도시를 지배하는 드래곤.

도시 자체가 되어 버린 드래곤.

그 존재가 선(善)인지 악(惡)인지 명확하게 구분하기는 어려울 것이다. 분명 인류가 이 도시에 이런 식으로 200

년의 세월 동안 번영해 올 수 있었던 것은 천공룡이라는 드래곤의 존재 덕분이다.

하지만 언제든지 마음을 먹으면 인간의 자유의지를 박탈하고 꼭두각시 인형으로 만들 수 있는 놈의 아래에서 계속 살아가는 것이 과연 가치가 있는 것인지도 의문이다.

아마 스팅레이 회장은 200년의 세월 동안 계속해서 그 문제와 마주했을 테고, 후자 쪽으로 마음이 기운 것이겠지.

물론 그 꿍꿍이속에 '자유'를 추구하는 숭고한 뜻만이 담겨 있을 리는 만무하겠지만…… 어쨌건 그에게도 '대의(大義)'라는 것이 존재하는 것만큼은 사실이었다.

그리고 이런 상황을 마주한 나도 점점 스팅레이 회장과 같은 쪽으로 생각이 기울어지고 있었다.

허나 문제는…….

"그래서, 방법은 있는 거겠지요?"

어떻게 이 도시 '그 자체'가 되어 버린 천공룡을 처리하느냐는 점이었다.

"그렇게 생각하느냐?"

"방법이 없다면 이야기를 꺼내지도 않으셨겠지요."

단순히 위성 포격을 쏟아붓거나, 아니면 Lv.6 신비모듈의 힘을 이용하는 식으로 도시를 통째로 날려 버릴 수

6장 〈169〉

도 없는 노릇이 아닌가.

빈대 잡으려다가 초가삼간 태운다고, 드래곤을 잡으려다가 인류의 터전을 잃어버리면 더 큰 문제다.

스팅레이 회장이 아무리 허니컴 시티를 흔적도 남기지 않고 지워 버린 미치광이라고 해도 이 도시 전체를 가지고 그런 극단적인 방법을 쓸 생각은 없을 터였다.

적어도 내게 이 '비밀'을 공유했다는 점에서 그러한 선택지를 고르지 않으리라는 것은 알 수 있었다.

"그리고 정말로 천공룡이 절대신과 같은 존재였다면, 이 자리에서 이런 대화를 나누고 있지도 못했을 테니까요."

꼭두각시들이 대놓고 말을 안 따르고 있는데 천공룡이 가만히 있을 리가 없을 터. 아마도 스팅레이 회장이 잠시 언급했었던 '제약'이라는 것 때문이 아닐까 싶다.

내 추측에, 스팅레이 회장은 재미있다는 듯이 미소를 입가에 머금었다.

"그래. 네 말대로다."

그러면서 스팅레이 회장은 허공에다가 손을 뻗었다.

그와 동시에 머리를 살짝 흩날릴 정도의 돌풍이 일었고, 그의 손이 닿는 위치에 여우가면의 닌자가 나타나 무릎을 나타나 있었다.

'또 이 녀석인가.'

저번에 봤던 그 순간이동 능력을 지닌 녀석이었다. 그는 기사처럼 한쪽 무릎을 꿇은 채 스팅레이 회장에게 무언가를 내밀었다.

그것은 30cm 정도 크기의 원통형 기계장치로, 그 안에는 푸른색의 반투명한 액체가 담겨 있었다.

"그게 뭡니까?"

"용의 피를 정제한 물건이다."

기계장치는 가느다란 스팅레이 회장의 팔보다도 굵었다.

회장으로서는 그 물건을 들어 올리는 것조차 굉장히 버거워 보였지만, 그것을 손에 거머쥔 스팅레이 회장은 그 어느 때보다도 기쁜 표정을 짓고 있었다.

"그 도마뱀은 사념체가 된 덕분에 이 도시는 물론 전 대륙 전반에 걸쳐서 자신의 의식을 확산시킬 수 있었지. 어지간한 드래곤보다도 몇 배나 커다란 영역을 지배하고 있는 것이야. 하지만 그 탓에 우리 같은 미물이 하나하나 무엇을 하고 있는지까지는 신경을 쓰지 못하는 일이 많다. 반대로 알게 된다고 해도 곧장 대응할 수단이 없을 수도 있지."

"그렇습니까……?"

정확히는 모르겠지만 대충 RTS장르 게임과 비슷한 상황이 아닐까 싶다.

원한다면 맵을 통해서 얼마든지 전장의 모든 상황을 살펴볼 수 있지만, 플레이어로서 취할 수 있는 행동에 제약이 있는 거다.

화면을 깜빡 돌린 사이에 유닛 몇 마리가 이상한 짓거리를 하고 있다고 해도, 그것을 눈치채고 대응하기까지는 시간이 걸리는 거다.

"그 점이 우리가 노려야 하는 부분이다."

회장은 내게 기계장치를 넘기며 말했다.

"안티레인이 강하게 내리는 날일수록 놈의 의식은 도시에 집중되어 또렷해진다. 말하자면 가장 '뭉치기' 쉬워지는 상태지. 그때 이 장치를 사용하면 놈이 실체를 드러내게 될 거다."

"그때 쓰러뜨리라는 겁니까?"

"그래."

회장이 고개를 끄덕였다.

"조만간 콜로니 612곳을 폭파시킬 예정이다. 그에 따라 몬스터웨이브를 일으켜서 도시를 침공하게 만들어서, 5단계 안티레인이 내리도록 할 생각이다."

"자, 잠깐. 뭐라고 하셨습니까?"

"왜, 겁이라도 나느냐?"

회장이 피식 웃었다.

"생산콜로니는 그룹의 생산시설이기 이전에 [신비]들

을 막기 위한 전초기지이기도 하다. 그것들이 일제히 파괴되면, 그 충격이 자연스레 인근의 [신비]들을 자극하게 되겠지. 이미 인근 이계화 지역을 고려하여 최적의 계산 결과를 도출해 놓았느니라."

"그게 문제가 아니잖습니까."

내 목소리가 조금 높아졌다.

"파괴한 후의 시장 상황은 어떻게 됩니까?"

"일시적으로 힘들어질 뿐이다."

"그뿐만이 아닙니다. 초소형 콜로니만 해도 거주 인구가 대략 500명 정도입니다. 선정된 612곳이 전부 초소형 콜로니라고 할지라도, 최소 30만 명입니다. 그만한 인구를 어떻게 대피시킬……."

말하던 중간에 깨달았다.

아니, 깨달았다기보다도 사실 이미 알고 있었다. 그가 계획을 입에 담는 순간부터 불길한 예감이 들었으니까.

"……그냥 죽이시려는 겁니까."

"작은 희생이다."

"……."

아무렇지 않게 말하는 회장.

나는 그제야 원작에서 벌어진 '이유 모를' 몬스터 웨이브의 원인을 알 수 있었다.

모든 것은 스팅레이 회장이 '천공룡'을 타도하기 위한

과정에서 벌어진 일이었다.

원작에서 아론 스팅레이는 죽었다.

하지만 대신 베네딕트가 살아서 '허니컴 시티'의 실험을 성공시켰을 것이다. 완벽한 인간이었던 '오메가'는 스팅레이 회장의 가장 강력한 인간병기로서 천공룡을 죽일 준비를 마쳤을 것이다.

또한 회장이 말한 612곳의 콜로니 역시, 전부 스팅레이 소유의 것은 아닐 것이다. 아마 밀레테크는 물론 다른 기업 소유의 콜로니까지 포함된 숫자겠지.

원작에서는 '기업전쟁으로 인해 콜로니가 무너지며 몬스터 웨이브가 일어났다'라고 했지만, 실상은 그 반대였다. '몬스터 웨이브를 일으키기 위해 기업전쟁을 일으켰다'고 해야 맞을 것이다.

다만 그 결행일에 '셰이드 웰즈'라는 주인공이 날뛰기 시작하면서 스팅레이 회장의 계획은 무너지고 말았던 거겠지.

'내가 사건의 시간대를 앞당긴 거야.'

내가 베네딕트를 2선으로 물러나게 한 일은 그가 허니컴 시티의 실험소장을 맡게 만들었다. 그에 따라 '오메가'의 완성이 앞당겨졌다.

또한 암흑가에서 벌어진 사건들 역시, 결과적으로 '드래곤'이라는 실험체를 스팅레이 회장에게 넘겨주는 꼴이 되었다.

 회장은 녀석의 피로 혈청을 만들어서 천공룡의 지배에서 일찌감치 벗어날 수 있게 되었고.

 원래라면 2~3년 후에 벌어져야 할 사건이 나의 생존으로 인해 앞당겨진 것이다.

 "……"

 아니, 언젠가 일어날 일이 지금 벌어졌다고 해서 달라질 것은 없었다.

 작년에 내가 클리어했던 에피소드들만 해도 그렇지 않은가? 시간대에 그렇게 연연할 필요는 없었다.

 문제는 회장의 사고방식이었다.

 그는 기회만 된다면 당장이라도 천공룡을 죽이기 위한 계획을 실행시킬 것이다.

 각 콜로니에 거주하는 직원과 가족들을 몰살시키고, 몬스터 웨이브를 일으켜서 폴른 구역의 사람들을 몰살시키고, 침공을 막는 과정에서 수없이 많은 사람이 죽더라도 전혀 아랑곳하지 않을 테지.

 '최소 수백만의 사람이 죽게 될 거다……!'

 수백만의 사람을 희생시켜서 인류를 꼭두각시 상태에서 벗어나게 만드는 것. 나로서는 그 사고방식을 좀처럼 이해할 수가 없었다.

 "왜 이렇게까지 하시는 겁니까? 5단계 안티레인이 필

요한 거라면 그냥 기상청에 요청하면 될 문제 아닙니까? 굳이 이런 방식을 쓰지 않아도……!"

"아니, 비가 오는 것 자체가 중요한 게 아니다. 빗속에 섞인 놈의 '의식'이 한곳에 집중되도록 만드는 것이 진짜 목표지."

"설령 그렇다고 해도 이것 말고 다른 방법이 얼마든지……!"

"없다."

"어째서입니까? 적어도 사람들을 미리 대피시킬 수라도 있지 않습니까? 여기 이 여우 가면의 힘이라면 시간이 좀 걸릴지라도 충분히 가능한 일……."

"안 된다고 했잖느냐."

회장이 단언했다.

"나는 지난 200년 동안 수많은 이의 혼을 보아 왔다. 그리고 당연히 거기엔 '천공룡'의 것도 포함된다. 나는 어떻게 해야 가장 효율적으로 놈의 혼이 한 곳에 뭉치게 할 수 있는지 알고 있다."

"당신!"

"당연하지만 인간의 힘만으로는 안 된다. 이 일에는 '재해'가 필요하다. 우리는 태풍과 맞서기 위해, 또 다른 태풍의 힘으로 돛을 펼쳐야만 하는 게다."

"지금 스스로 무슨 소리를 하는지 알고 있기나 한 겁니까?"

내가 따지고 들었지만.

회장은 이 이상 말싸움도 필요 없다는 듯 딱 잘라서 대답했다.

"너는 이해하지 못할 것이다."

그 순간 회장은 자신의 투표용 전자 패널을 눌렀다. 그와 동시에 중앙 스크린에 숫자가 표시되었다.

[드레이크 스팅레이 회장 재임건]
[투표결과]
찬성: 23%
반대: 33%
기권: 19%

화면의 결과를 통해 스팅레이 회장이 스스로의 재임 건에 대해 기권표를 던졌음을 알 수 있었다.

그에 따라서 드레이크 스팅레이 회장과 현 이사회가 재구성될 것이다.

"지금 뭐 하시는……!"

웅성웅성.

내가 회장의 멱살을 잡아채려는 순간, 주변에서 말소리

가 들려왔다. 주변을 돌아보자 단체로 최면에 걸렸던 사람들이 원래의 상태로 돌아온 듯 혼란스러워하고 있었다.

"아, 아론 스팅레이 씨?"

최면에 걸린 동안의 기억이 남아 있지 않은 사람들에게는, 내가 갑자기 자리에서 일어나서 회장의 멱살을 잡으려고 드는 것처럼 보였겠지. 여우가면도 어느 샌가 자취를 감췄기에 더더욱 그럴 것이다.

뒤늦게 정신을 차린 그의 경호원들이 나를 잡으려고 부랴부랴 달려드는 것이 보였다. 그들은 내게 관절기를 걸고 바닥에 쓰러뜨리려 했다.

"뭐, 뭐야. 왜 넘어지지를 않아……!?"

"여, 여기서 이러시면 안 됩니다!"

하지만 도리어 회장이 나를 붙잡으려는 경호원들을 제지했다.

"아서라. 네놈들이 이길 상대가 아니다."

"예……?"

"물러나라고 했다."

"아, 알겠습니다."

그러고서는 스팅레이 회장은 짓궂은 장난을 친 어린아이처럼 나를 보며 말했다.

"창밖을 한번 보겠느냐?"

"……?"

갑자기 무슨 소리를 하는 것인가.

드디어 노망이 났나 싶은 생각이 들었던 것도 잠시, 불길한 생각이 머리를 스쳤다. 재빠르게 고개를 돌려 하늘을 보니 자욱한 먹구름 틈새로 이상한 것이 보였다.

"미친……!"

헤아릴 수 없을 만큼의 별똥별.

하지만 나는 그것이 별똥별이 아니라는 사실을 알고 있었다. 안구 카메라를 최대한 확대하여 확인해 본 결과, 그것은 기다란 미사일의 형태를 하고 있었다.

이 미친 인간이 결국 쏴 버린 것이다.

허니컴 시티 때의 악몽이 다시 한번 일어날 게 분명했다.

그것도 훨씬 크게.

위이이이잉-!

주주총회에 참석한 일부 사람들이 긴급한 연락을 받는 모습이 보였다. 처음에 잔물결 같았던 소란은 이내 커다란 파도가 되었다.

스팅레이 그룹의 주주총회에 참가할 정도라면 그 지위가 범상치 않은 이들이 많을 수밖에. 아마 지금 상황을 곧장 받아 본 것이리라.

누군가는 믿기지 않는다는 듯이 다급하게 창문으로 뛰어와서 하늘을 올려다보았고, 누군가는 주주총회 따위는 이제 알 바 아니라는 듯이 다급하게 회의실을 빠져나갔다.

누군가는 언성을 크게 높이며 스팅레이 회장에게 달려들려고 들었다.

-이게 뭐 하는 짓이오, 스팅레이 회장!
-전쟁이라도 하자는 것인가!
-당신이 한 일이지!? 당장 취소시켜!

대회의실은 한순간에 아수라장이 되었고, 이제 스팅레이 회장이 재임되든 말든 전혀 상관없었다.

얼마 지나지 않아.

쿠구구구구구구구구구궁-!

강렬한 진동이 도시를 휩쓸었다. 저 멀리, 도시 밖에서 강렬한 빛과 버섯구름이 여러 개 솟구치는 모습이 작게 보였다.

그리고…….

"아들아."

스팅레이 회장이 웃었다.

이번에도 눈 깜짝할 사이에, 그의 옆에 닌자들이 나타나 있었다.

그들은 각자 무기를 들고 회의에 참석한 이들을 겨누고 있었다.

"이제 함께 할 수밖에 없겠구나?"

7장

7장

혼란스럽다.

모든 것이 혼란스럽다.

누군가는 비명을 질러 댔고, 누군가는 도망치려다가 의자에 걸려서 넘어졌다. 스팅레이 회장의 직속 닌자부대는 재빠르게 움직이며 그들을 전부 제압했다.

누군가는 닌자들의 칼에 목이 꿰뚫려 죽었고, 누군가는 얌전히 구속당했으며, 누군가는 닌자들의 손에 어디론가 끌려 나갔다.

아마 소속과 출신에 따라 취급이 달라지는 모양이었다.

아비규환(阿鼻叫喚).

피가 흩날리고, 절규가 끊이질 않는다.

내 감각센서 모듈은 지나치리만큼 많은 정보를 받아들이고 있었고, 그렇지 않아도 복잡한 머릿속을 더 복잡하게 만들었다.

그 상황에서 내가 내뱉을 수 있는 말은 단 한마디뿐이었다.

"……돌아 버리겠군."

최악 중에서도 최악의 상황.

마음 같아서는 훌쩍 도망쳐 버리고 싶었지만, 그럴 수는 없지.

나는 눈을 감고 복잡해진 머릿속을 차분히 정리했고, 다시 눈을 떠서 스팅레이 회장과 눈을 마주쳤다.

늙은 괴물이 내 앞에 있었다.

"자, 어찌할 것이냐?"

"……."

어찌할 것도 없다.

이 미치광이 황제는 이미 불을 질러 버렸다. 내가 미처 손을 쓸 새도 없이 최소 30만 이상의 사람이 목숨을 잃었을 테고, 그에 따른 여파로 원작과 비슷한 규모의 몬스터 웨이브가 이곳으로 향해 올 것은 분명했다.

아니, 오히려 그래 주지 않으면 곤란하다. 천공룡을 쓰러뜨리기 위한 스팅레이 회장의 일생일대의 승부수가 먹히지 않는다고 한다면, 그것은 그것대로 골치 아프다.

고로 내가 회장에게 받은 기계장치를 이용해서 천공룡과 싸우리라는 것은 정해진 미래라고 할 수 있었다. 그 외의 선택지는 고를 수가 없으니까.

나는 허탈한 웃음을 내뱉으며 답했다.

"이게 협상의 기술이군요. 판을 만들어 놓고 상대방을 압박하는 것."

천공룡은 분명 만만찮은 상대일 것이다.

솔직히 말해서, 스팅레이 회장의 도움을 받는다고 해도 이승률이 절반은 될 것인지조차 가늠이 안 된다. 그의 도움이 없다면 승산은 더더욱 바닥으로 내려가겠지.

"나는 당신에게 협력할 수밖에 없겠지."

빌어먹게도 내가 사랑하는 이 세상이 무너지지 않게 하기 위해서.

"하지만……."

나는 조금 더 미래를 생각하기로 했다. 어차피 드래곤과 싸우게 되어 목숨을 건 사투를 벌이게 될 것이라면.

이 자리에서 스팅레이 회장과 함께 도시 전체를 혼란으로 빠뜨리고, 무너뜨려서, 드래곤의 지배력에서 벗어나 새로운 스팅레이 제국을 만드는 것보다는.

나는 더 나은 미래를 그리며.

도박을 해 보기로 했다.

"당신은 선을 넘었어."

그렇게 대답하는 순간.

스팅레이 회장은 이미 내 대답을 예상했다는 듯이 '카하하하!'하고 크게 웃었다.

"그래, 내 그럴 줄 알았다!"

그의 호탕한 웃음이 터지는 것과 동시에, 그의 닌자 부대가 그의 휠체어 앞을 가로막았다. 나는 그를 놓칠세라 재빠르게 모듈을 활성화시켰다.

"모듈 온라인, [구름거미]"

촤르르르르르륵!

눈에 보이지 않는 실들이 순식간에 화살처럼 스팅레이 회장에게로 쏘아졌다. 허나 간발의 차로 실들은 회장 대신 닌자 몇 명을 꿰뚫은 것이 전부였다.

"칫."

다시 한번 대량으로 실을 휘둘러 회장이 있었던 자리에 공격을 가해 봤지만, 이미 그는 자취를 감춘 후였다. 대신 그 자리에서 여우가면이 열선카타나 한 자루를 뽑아들며 앞으로 한 발짝 걸어 나올 뿐이었다.

"[진정하시죠, 아론 님. 기분은 이해하지만, 이러시면 서로 곤란해질 겁니다. 우린 서로에게 도움이 되어야만 합니다.]"

"……."

나는 여우 가면의 말을 무시하고 곧장 마리아의 이름을

불렀다.

"마리아!"

"……."

마리아는 대답하지 않았다.

스팅레이 그룹에 대한 무한한 애사심을 품고 있던 마리아로서는 이 상황을 받아들이기 힘든 모양이었다. 그녀는 평소답지 않게 당황한 기색이 역력한 채 자리에 우두커니 굳어 있었다.

나는 다시 한번 외친다.

"마리아! 정신 차려라!"

"하, 하지만 도련님……!"

"네가 스팅레이를 따르기로 했던 이유가 무어냐! 회장을 존경했던 이유가 무어냔 말이다!"

"……!"

마리아의 표정이 와락 구겨졌다.

나는 계속해서 소리친다.

"이제 스스로에 대한 거짓말은 그만둘 때다. 너는 스팅레이 그룹의 어두운 면을 전부 알면서도 애써 '어쩔 수 없는 일'이라며 무시해 왔지! 하지만 지금을 봐라! 그 결과가 어떻게 되었냐!"

"……."

"정신 차리고 현실을 봐라! 지금 네가 누구를 따라야

하는지 보란 말이다! 나인가? 아니면 스팅레이 회장인가? 이 자리에서 확실히 정해라!"

"저, 저는······."

그제야 마리아의 얼굴에서 당혹감이 서서히 물러나기 시작했다. 그녀는 각오를 다진 표정으로 고개를 끄덕였다.

"지, 지시를 내려 주십시오!"

"내가 길을 낼 테니 칼리아를 데리고 도망쳐라! 그 이후는 여길 정리한 후에 지시하마!"

"······알겠습니다!"

마리아의 대답은 곧바로가 아니라 조금 간격을 두고 나왔다.

아마 내 지시 내용을 이해하기까지 시간이 걸린 걸 테지. 그만큼 여기서 내가 내린 '칼리아를 구하라'라는 지시는 다소 뜬금없는 것이긴 했다.

그도 그럴 것이, 조금 전까지도 회장 재신임 건을 들고 첨예하게 대립하던 사이가 아니던가? 오히려 칼리아가 죽어 주면 나로서는 경쟁자가 하나 사라지는 셈이다.

하지만 누누이 말하지만, 나는 회장직에 관심이 없었다. 그리고 이 모든 사태가 끝난 다음에, 누군가는 책임을 지고 상황을 수습해야 한다.

솔직히 나로서는 역부족이다.

내가 이 사건의 주범인 스팅레이 회장의 재임을 지지했던 것을 모두가 보았고, 내가 아무리 그를 손절했다고 해도 어떤 식으로든 내게 책임을 물어 올 가능성이 컸다.

하지만 반대로 재임을 반대했던 칼리아라면 충분한 명분이 있고, 잘 하면 영웅으로 부상할 가능성이 있다.

'일단은 녀석을 구해 내고, 천공룡 건을 해결한 다음에 차기 황제로 내세우는 쪽으로 가야겠지.'

그때까지 스팅레이 그룹이 남아 있을 수 있다면 말이지만.

"모듈 온라인."

조금 전 칼리아는 닌자들에게 끌려가는 모습을 보았다. 아마 멀리 가지는 못했을 테니, 주변을 찾아보면 분명 찾을 수 있을 거다.

나는 모듈을 전부 활성화했고, 대략 0.5초만에 칼리아의 생체 반응을 찾아냈다.

그녀는 닌자들에게 붙잡힌 채 본사 엘리베이터를 통해 지하 쪽으로 옮겨지는 중이었다. 위치를 보니 대충 20층 정도 아래쯤을 지나치고 있었다.

"그쪽이군."

칼리아의 위치를 포착하는 것과 동시에 나는 실을 길게 뽑아내어 바닥을 베어 냈다.

서걱!

깔끔한 절단음 직후, 바닥에 V자 모양으로 거대한 균열이 생겨났다. 균열 끝 쪽으로 안구카메라를 확대해 보자 칼리아가 반쯤 썰려 나간 엘리베이터에서 손잡이를 붙잡고 울부짖고 있었다.

나는 마리아에게 곧장 지시했다.

"가라."

"넵!"

마리아는 갈라진 바닥을 재빠르게 타고 칼리아를 향해 달려갔다. 내 정면의 닌자들이 마리아의 뒤를 쫓으려 했으나, 여우가면이 부하들의 움직임을 막았다.

"[눈앞의 상대에 집중하지요.]"

"좋은 판단이다."

나는 손가락을 튕겼고, 대회의실 전체를 에워싸듯 실을 뽑아냈다. 모든 벽면과 바닥, 천장에서 헤아릴 수 없는 수의 은빛 실들이 기다란 바늘처럼 닌자들을 향해 쏘아졌다.

촤라라라라라락!

무수한 실이 바닥을 꿰뚫는다.

즉, 놈들이 피해 버렸다는 의미였다.

다음 순간, 여우 가면이 내 등 뒤 허공에서 나타났다. 그는 양손에 쿠나이를 역수로 쥔 채 내 경독맥을 노려 왔다.

하지만 당연히, 내겐 통하지 않는다.

채애애애앵!

"뒤를 노리고, 사각지대를 노리고. 너희 닌자라는 놈들은 항상 비슷한 식이군."

이미 내 주변에는 무수한 보이지 않는 실들이 역장처럼 펼쳐진 상태였다. 조금 날카로운 칼날 따위로는 Lv.6에 달한 신비모듈의 인장력을 이길 수 없었다.

여우가면 역시 그 사실을 아는지, 곤란하다는 말투로 중얼거렸다.

"[아론 님과 싸우고 싶지 않습니다. 이럴 시간이 없습니다.]"

"닥쳐라."

다시 한번 손가락을 튕겨, 놈의 다리와 팔을 꽁꽁 구속했다. 나는 그대로 실을 채찍처럼 휘둘러 벽면에다 내리친다.

허나 놈의 형체가 벽과 충돌하기 직전.

세상이 바뀌었다.

"쯧……."

원래라면 벽에 부딪쳤어야 했을 테지만, 갑자기 벽이 사라지며 놈은 허공을 날았다.

나는 여우가면이 빠져나가지 못하도록 대량의 실로 온몸을 옭아매려 했으나, 그 전에 여우가면은 아무렇지 않게 빠져나와 내 정면에 나타났다.

"[열을 식히시길 바랍니다, 아론 님. 자꾸 이러시면 저희도 방법이 없습니다.]"

"웃기는군."

나는 코웃음을 치며 주변을 둘러보았다.

드넓은 황무지와 저 멀리 보이는 버섯구름. 하늘에서 쏟아지는 대량의 안티레인. 대략 도시에서 몇 킬로미터 정도 떨어진 지역인 듯했다.

그 사실을 확인하고서 다시 말을 잇는다.

"내 협력을 얻고 싶었다면 그딴 방법을 써서는 안 된다는 건 누구보다 그 '노괴'가 잘 알고 있었을 터다."

"[다른 방법이 없었습니다.]"

"설령 그렇다고 해도 시간이 더 필요했다. 이런 식으로 나오는 건 나에 대한 도발, 그 이상도 이하도 아니지."

스팅레이 회장이 내가 이런 식으로 반응할 것을 예상하지 못했다는 것은 말이 안 되는 것이고, 예상하고도 실행했다는 것은 나와 척을 지는 것을 감수하겠다는 소리였다.

"근데 이상한 것은 어째서 이런 식으로 움직였냐는 거다. 천공룡을 쓰러뜨리기 위해서 내 힘이 필요한 것 아니었던가? 굳이 적을 더 늘려서 스팅레이 회장 쪽에서 얻을 수 있는 이득이 뭐지?"

"[저희는 명을 따를 뿐입니다.]"

"생각할 수 있는 가능성은 두 가지. 하나는 나와 적대하는 것이 결과적으로 득이 되는 경우. 다른 하나는 나와 적대하는 리스크가 크지 않다고 판단한 경우."

"[저희는 명을 따를 뿐입니다.]"

"마치 인형 같은 대답만 하는군. 참 속편한 일이 아닌가? 위에서 시켰으니 어쩔 수 없다, 라는 건."

뭐, 이놈들과 이야기를 해 봤자 소득이 전혀 없겠지.

놈들은 스팅레이 회장이 '자해해라'라는 명령을 내리면 조금도 망설이지 않고 자기 목을 칼로 그어 버릴 놈들이다.

"답하지 않을 거라면 상관없다. 여기서 너희들을 전부 죽이고, 내가 직접 회장을 찾아서 물어보면 될 문제이니."

"[아론 님. 다시 한번 부탁드립니다. 고정하시길 바랍니다. 앞으로 몇 시간 후면 몬스터 웨이브가 이곳으로 올 겁니다.]"

"그렇다면 그 전까지 회장을 찾아내서 불게 만드는 수밖에 없겠군."

"[회장님의 큰 뜻을 헤아려 주십시오.]"

"닥쳐라."

모듈 온라인, [테크 블레이드].

나는 검을 단단히 쥐었다.

"네놈들이 아직 전력을 다하지 않았다는 건 알고 있다. 어쭙잖은 시간 끌기에 어울려 줄 생각 따위는 없다."

"[아론 님…….]"

"비키거나, 여기서 죽어라."

"[…….]"

내 말에 여우 가면은 어쩔 수 없다는 듯 고개를 저으며 다시금 카타나를 뽑아 들었다. 그와 동시에 여우 가면의 등 뒤로 닌자들이 하나둘씩 그림자처럼 스멀스멀 모습을 드러내기 시작했다.

그 수를 헤아려 보니 대략 50여 명.

고레벨 적응자들과 50대 1이라.

아무리 나라곤 해도 쉽다고는 할 수 없겠지.

"[실례하겠습니다. 아론 님.]"

공손하게 인사하는 닌자들.

나는 코웃음을 치며 무기를 겨눈다.

"후회하게 될 거다."

* * *

삐거어어어억—!

아론의 실에 반쯤 썰려 나간 엘리베이터가 금속이 꺾이

는 소리를 내며 기울어졌다.

칼리아는 엘리베이터 손잡이에 매달려서 비명을 지르며 바들바들 떨고 있었다.

그녀의 옆으로 허리 아래가 사라진 닌자의 시체 두 구가 바닥을 굴러다니고 있었다.

바닥을 적신 피의 흔적을 보니 하반신은 엘리베이터 통로 쪽으로 떨어진 듯했다. 아마 아론의 실에 썰리면서 이렇게 된 거겠지.

마리아는 쓴웃음을 지을 수밖에 없었다.

'너무 막무가내이십니다, 도련님······.'

급한 건 알겠지만 이렇게 본사 건물을 통째로 썰어 버리는 사람이 당최 어디에 있단 말인가.

한때 스팅레이라는 이름에 무한한 자부심을 느끼며 이 엘리베이터를 타고 출퇴근했던 마리아로서는 이 광경에 마음이 찢어지는 것 같았다.

그렇게 감상에 젖는 것도 잠시, 마리아는 칼리아가 갇힌 엘리베이터에 착지하는 데에 성공했다. 통로로 떨어지지 않게끔 손잡이를 불끈 붙잡고 칼리아에게 손을 내밀었다.

"아가씨, 제 손을 잡으십시오!"

"꺄아아아아아악! 꺄아아아아아앗!"

"진정하십시오, 아가씨. 접니다!"

사람을 머리 꼭대기에서 부릴 줄만 알지, 막상 진짜로 사람이 죽는 광경을 처음 본 칼리아였다.

그녀는 완전히 패닉에 빠져서 어찌할 바를 모르고 있었다.

"괜찮습니다!"

"저, 저리 가!"

"아가씨. 겁먹지 마십시오! 구해 드리러 왔습니다. 해치려는 의도가 아닙니다!"

"거짓말 하지 마! 오라버니가 보낸 거잖아! 날 죽이려고!"

"절대 아닙니다! 도련님은 오히려 아가씨를 구하라고 명하셨습니다!"

마리아가 끈질기게 설득하자, 조금씩 눈동자에 초점이 돌아오는 칼리아.

"지, 진짜……!?"

"진짜입니다! 그러니 자, 어서 손을!"

"……으허어어어어어엉! 그치만 손 놓으면 떨어진단 말이야!"

칼리아는 급기야 어린아이처럼 엉엉 울음을 터뜨렸다. 평소 이미지와는 너무나도 안 맞는 모습이었지만, 생각해 보면 이상할 것도 없었다.

스팅레이 가문의 뒤틀린 환경에서 '만들어지고', 교육

을 받은 삼 남매. 그 덕분에 그들은 어릴 때부터 그룹의 요직을 차지하고 사람들을 이끌어 왔다.

하지만 칼리아만 하더라도 이제 25살을 겨우 넘겼을 뿐이었다. 스팅레이 엔터테인먼트의 여사장으로 멋지게 일을 해내고 있었지만, 그녀가 평범한 가문에서 태어났으면 이제 막 대학을 졸업하여 한창 신입으로 일하고 있을 나이였다.

그리고 마리아 역시 칼리아와 비슷한 처지였기에, 그녀는 칼리아에게 동병상련을 느꼈다. 아론의 지시와는 관계없이 마리아는 진정으로 칼리아를 구하고 싶어졌다.

"괜찮습니다! 제가 붙잡겠습니다!"

"으허어어어어엉~!"

"용기를 내십시오!"

"지, 진짜지!? 놓치면 안 돼!?"

"걱정하지 마십시오!"

닭똥처럼 흘러나오는 눈물에 눈화장이 잔뜩 번졌지만 그런 것에 신경 쓸 상황이 아니었다.

당장 의지할 사람이 마리아밖에 없다는 것은 칼리아 역시 잘 알고 있었고, 그녀는 용기를 내어 붙잡고 있던 손을 놓았다.

"꺄아아아아아악!"

칼리아가 손잡이를 놓자마자 난데없이 엘리베이터가

기우뚱 기울어졌다. 칼리아의 몸이 바닥 경사를 따라 주르륵 미끄러졌다.

"흡!"

마리아는 간발의 차로 칼리아의 허리를 낚아채는 데에 성공했고, 다른 팔을 통로 벽면에 힘껏 내질러 못처럼 고정했다.

그와 동시에-

콰르르르르르르르르-!

안 그래도 상태가 불안했던 엘리베이터가 저 밑으로 추락하기 시작했다. 그에 따라 굵은 철제와이어가 두 사람을 향해 쏟아져 내렸고, 마리아는 있는 힘껏 칼리아를 껴안고 보호했다.

철썩! 철썩! 콰드드득!

떨어지는 와이어가 채찍처럼 마리아의 어깨를 때렸다. 마리아는 격통을 참아 내며 어떻게든 견뎌 내는 데에 성공했다.

"이, 일단은 살았군요."

"괘, 괜찮아? 너 어깨가……!"

"괜찮습니다. 곧 복구될 겁니다."

와이어에 얻어맞은 탓에 마리아의 승모근 부분이 찢어져서 안쪽의 기계장치들이 훤히 드러나고 있었다. 피도 조금 흘러나오고 있었지만, 마리아 역시 대체율이 상당히 높은 편이었기에 이 정도는 큰 부상이라고 할 수 없었다.

마리아는 한 팔로 매달린 채 모듈을 활성화시켰다. 그녀의 무릎이 반으로 접히더니 정강이에서 굵은 포신이 나왔고, 마리아는 그것을 벽면을 향해 겨냥했다.

86층 승강기용 중문.

포를 쏴서 문을 날려서 길을 만든 마리아는, 무사히 86층 플로어에 안착하는 데에 성공했다.

"무사하십니까, 아가씨?"

"으, 으응……."

다행히도 칼리아는 다친 곳이 없는 듯했다. 울며불며 난리를 쳤던 탓에 화장이 번져서 얼굴이 만신창이긴 했지만, 그래도 일단은 무사했다.

칼리아의 안전을 확보한 마리아는 일단 한숨을 돌리며 곧장 아론에게 연락을 넣었다.

"도련님. 칼리아 아가씨를 구했습니다."

[좋아, 잘했@^*!%!@!]

"도련님?"

[제길, 귀찮게 구는!@#%!]

중간중간 노이즈가 섞인 목소리.

말투로 보아 아론은 한창 전투에 임하는 중인 듯했다. 아무래도 상대측 위자드가 전파 방해를 걸고 있는 모양이었다.

쿠구구구궁-!

중간중간 도시 서쪽 방향에서 묘한 진동이 전해졌다. 근거는 없었지만 그것이 아론이 일으키고 있는 것임을, 마리아는 짐작할 수 있었다.

"도련님?"

[*4!^!@(# 2시간 후에 &**@ 몰려올 거다!]

"잘 들리지 않습니다!"

[회장이나 드래곤을 찾아내라! 빨리!]

뚝.

아론과의 연결은 그렇게 끊기고 말았다. 마리아로서는 이해할 수 없는 명령에 당혹스러워할 수밖에 없었다.

"도련님, 대체……."

"오, 오라버니랑 연락한 거야?"

칼리아가 옆에서 말을 걸어왔다.

표정을 봐서 아까보다는 조금 진정된 모양이었다. 마리아는 고개를 끄덕이며 답했다.

"네. 전투 중이신 듯했습니다."

"전투라니? 누구하고?"

"회장님 직속 닌자부대일 겁니다."

"그러고 보니 날 납치해서 데려가려고 했던 것도 닌자들이었지. 지금 상황이 뭐가 어떻게 돌아가는 거야? 오라버니는 아버님 편이 아니었던 거야?"

"저도 정확히는 알 수 없습니다만, 현재 회장님의 행동은 도련님과 상의되지 않은 내용인 듯했습니다. 그에 반발해서 도련님이 무기를 뽑아드셨고요."

"그래서?"

"그래서 이 상황을 수습하기 위해서는 칼리아 아가씨의 힘이 필요하다고 여기신 듯합니다."

"……."

그 순간, 칼리아가 눈을 휘둥그레 떴다.

"왜 그러십니까?"

"……오라버니가 내 힘이 필요하다고 했다고? 진짜로?"

"제 추측이지만, 그렇습니다."

"뭐, 날 꼭두각시 인형으로 앉히려는 의도겠지."

"아뇨. 그럴 리는 없습니다."

마리아는 단언했다.

"예전의 도련님이라면 몰라도, 지금의 그분은 권력에 크게 관심이 없어지셨습니다. 최근에는 오직 재단 업무와 학생들에게만 신경을 쏟으시고 있죠. 재단 이사장으로만 남아 있을 수 있다면, 차기 회장으로 칼리아 아가씨를 추대할 용의가 있다고도 하셨습니다."

"뭐, 뭐야. 그 말이 진짜였다고……?"

"요즘 비밀이 많아지셨기에 제가 그분의 생각을 전부

알 수는 없지만…… 그럴 겁니다."

 마리아가 대답하자 칼리아는 충격을 받은 듯 잠시 입을 다물었다. 그렇게 몇 분인가 후회하듯 땅을 쳐다보던 그녀는 천천히 다시 입을 열었다.

 "……그래서, 오라버니는 뭐라 했어? 이제 어떡하겠다고?"

 "드래곤을 찾아내라고 하셨는데…… 솔직히 무슨 말씀이신지 잘 모르겠군요."

 "드래곤……."

 "뭔가 짚이시는 점이 있으십니까?"

 "……."

 칼리아는 침묵했다.

 대신 그녀는 고개를 돌려 창밖을 바라보았다. 난장판이 된 사무실 너머 도시의 전경이 눈에 들어왔다.

 먹구름과 하염없이 쏟아지는 비. 반짝이는 네온사인과 저 멀리 아주 작게 피어오르는 버섯모양의 구름.

 "과연…… 그런 거였나."

 "아가씨?"

 마리아는 칼리아의 분위기가 일순 바뀌었음을 감지했다. 조심스럽게 그녀에게 다가가자 칼리아가 휙 고개를 돌리며 마리아를 쳐다보았다.

 "이제 되었다. 가 보아도 되느니라."

"그, 그게 무슨 말씀이십니까?"

마리아가 당황하며 그녀를 붙잡으려 했으나, 칼리아는 전혀 아랑곳하지 않고, 창문 근처로 다가갔다. 그리고 그녀가 한쪽 손을 창문을 가져다 대는 것과 동시에-

촤아아아아아아아아악-!

강력한 파동과 함께 유리창이 산산조각 났다. 마리아는 양팔을 앞으로 교차시키며 날아오는 파편을 방어했다.

86층의 고층에서, 무너진 유리창 사이로 불어오는 비바람은 무척이나 매서웠다. 눈을 뜨기는커녕 제대로 중심을 잡고 서 있는 것조차 쉽지 않았다.

그러나 칼리아는 아무렇지 않게, 긴 흑발을 흩날리며 창문 근처에 서 있었다. 조금 전까지도 엘리베이터에서 떨어질까 무서워서 떨던 사람이라고 믿기지 않을 정도였다.

"아, 아가씨! 위험합니다!"

"……."

마리아가 불렀으나 칼리아는 대답하지 않았다. 마치 다른 영혼으로 바뀐 사람 같았다.

그리고 더 이상한 점은.

[경고!]

[고농도 마력 감지!]

 칼리아로부터 이상하리만치 높은 마력 수치가 감지되고 있다는 점이었다. 마리아는 자신의 마력감지 센서가 오류가 난 것일까 잠시 의심했지만, 본능적으로 그것이 아니라는 사실을 깨달았다.

 이상한 것은 센서가 아니라 칼리아 쪽이었다. 마리아는 이전에 보안부에서 일하던 당시, 유령에 빙의된 요원이 비슷한 증세를 겪었던 것을 떠올렸다.

 그녀는 칼리아의 어깨를 덥석 붙잡았다.

 "……아가씨를 어떻게 한 거야?"

 "……."

 칼리아는 무표정하게 마리아를 돌아보았다. 그 순간 마리아의 눈에 들어온 것은 스팅레이 가문 특유의 황금색 눈동자가 아니라, 푸른빛의 마력으로 이글거리는 파충류의 눈동자였다.

 "……!"

 마리아가 화들짝 놀라며 물러서는 것과 동시에 하늘에서 불이 번쩍이며 비바람이 몰아쳤다.

 콰르르르릉!

 벼락의 불빛이 일순 마리아의 시야를 빼앗았다. 그 탓

에 마리아가 잠시 눈을 감았다가 다시 떴을 때.

칼리아는 자리에 없었다.

그녀가 있었던 자리에는 찢어진 커튼만이 흩날리고 있었다.

　　　　　　　＊　＊　＊

같은 시각.

위이이이이이이잉!

트리니티 아카데미 건물 내에서도 미친 듯이 사이렌이 울리기 시작했다.

작년에만 이미 몇 차례 비상 상황을 겪어 본 학생들은 또 무슨 사건이 터진 것인가 불안에 떨기 시작했다.

이윽고 학원장의 이름으로 전 학생에게 공지 메일이 전달되었다.

[알림]

코드 레드에 따라, 전술교전부 재학생 전원은 15시 30분까지 무장을 마치고 지정된 장소에 집합할 것.

"이, 이게 뭐야, 아이리? 뭔가 따로 들은 거 있어?"

"아, 아뇨. 전혀요."

한창 학생회 멤버들끼리 업무를 처리하던 와중 느닷없이 떨어진 명령.

하지만 아이리는 작년 초, 이맘때에 비슷한 상황이 있었던 것을 기억해 내는 데에 성공했다.

'타이탄이 왔을 때랑 똑같아.'

그 말인즉슨, 이번에도 도시를 침공하려는 괴물들의 무리가 나타났다는 의미였다.

그 순간 아이리의 머릿속에 스쳐 가는 것은 고개를 젖혀도 얼굴이 보이지 않았던 거인과, 놈이 부순 벽의 파편에 깔려 죽어 가던 학생들의 모습.

무력하게 죽어 가는 학생들에게 총구를 겨누던 기업 소속의 학생들. 그리고 죽음 직전까지 몰렸던 자신.

"……!"

"아이리, 괜찮아? 얼굴이 새파래."

"……괘, 괜찮아요."

아이리는 자신의 양 뺨을 때리며 퍼뜩 정신을 차렸다. 그러면서 자신을 걱정스레 들여다보는 학생회 동료들을 바라본다.

그래, 이제 나는 혼자가 아니다.

더 강해졌고, 믿을 만한 사람들도 생겼다. 학생들끼리

유대도 더 좋아졌고, 소속 기업에 따라 잡아먹을 듯이 싸워대던 분위기도 거의 사라졌다.
 그때와 같은 악몽은 재현되지 않을 거다.
 그녀는 침착하게 자리에서 일어나며 중얼거렸다.
 "가죠."
 이번에는 다를 것이다.

8장

분명히 그것은 전쟁이었다.
일말의 전조증상도 없었다.
최소한의 선전 포고조차 없었다.
누구도 예상하지 못했고.
아무도 대비하지 못했기에.
도시는 속수무책으로 무너져 갔다.

* * *

스팅레이 회장의 갑작스런 선제공격에 가장 빠르게 대응한 것은 밀레니엄 테크놀로지 쪽이었다.
그들은 지난 전쟁에서의 패배를 교훈삼아 심기일전하

여 언제든지 스팅레이 그룹과 맞서 싸울 대비를 하고 있었고, 그 덕분에 5분도 되지 않아 긴급 이사진 회의를 소집할 수 있었다.

-확인된 피해 상황 보고해 주십시오.

-레이더로 관측한 바에 따르면, 14시 48분 스팅레이 측 공격형 인공위성 62기가 일제히 궤도를 바꾸었음을 확인했습니다. 그리고 23초 후 총 1529체의 발사체가 대기권에 진입했습니다.

-그래서 우리는 어떻게 했죠?

-[작살] 프로젝트에 따라 스팅레이 위성에서 저희 측 콜로니를 향해 쏘아진 발사체 중 9할을 막아 내는 데에 성공했습니다. 다만 그 1할이 291번과 159번 콜로니와 나머지 중형 콜로니 5곳을 파괴했습니다.

-초대형 콜로니 두 곳이 날아갔다고요?

-예. 예상 손해액은 아직 산출중이지만 최소 24조 크레딧을 넘을 것으로 예상됩니다. 또한 291번 콜로니는 저희의 핵심 군사무기 생산시설이었던 탓에 보급에도 큰 차질이 생겼습니다.

-제길. 골치 아프군.

밀레테크의 하리토노프 회장이 중얼거렸다. 그는 이마를 감싸 쥐며 다시금 입을 열었다.

-그 외의 상황은?

-저희 측과 우호적인 관계를 맺고 있던 기업들의 소유 콜로니가 452곳 파괴되었습니다. 동맹 진영은 궤멸했다고 해도 과언이 아닙니다.

-미친 스팅레이 놈들! 기어코 피를 보겠다는 게지!

-앉으세요, 니시무라 이사. 감정에 휩쓸리지 말고 냉정하게 결정을 내려야 합니다.

-죄, 죄송합니다, 회장님.

-어쨌건 결론만 말하자면 저쪽의 선제공격 때문에 피해가 상당했다는 거군요. 이거야 원, 한 방 제대로 먹었어요.

하리토노프 회장이 작게 침음하던 그때, 발표자가 조심스럽게 말을 꺼냈다.

-회장님. 아직 보고드리지 않은 내용이 있습니다.

-……말해 보세요.

-확인 결과 이번 스팅레이 측의 공격으로 피해를 본 것은 저희 진영뿐만이 아니었습니다.

-그게 무슨 소립니까?

-저희 사 소유의 콜로니 7곳, 동맹기업 소유의 콜로니 452곳. 총 459곳이 복구 불능 수준으로 파괴된 것을 확인했습니다만. 스팅레이 그룹과 그들의 동맹기업 소유의 콜로니 역시 153곳이 파괴되었음을 확인했습니다.

-스스로를 공격했다는 말입니까?

-그렇습니다. 이유는 알 수 없습니다만, 파괴된 스팅레이 측의 콜로니 중에는 하반기 출시 예정이었던 최신식 전뇌피질 사이버웨어 제품 공장도 포함되어 있던 것으로 확인되었습니다.

-그게 대체 무슨…….

-그에 따라 스팅레이 측의 손해액도 최소 10조 정도로 예측됩니다. 최근 불안했던 스팅레이 그룹의 주식 상황을 생각해 본다면 그 이상의 피해가 나올 수도 있습니다.

-다들 들으셨습니까? 이것을 어떻게 판단해야 좋겠습니까?

-…….

회장이 이사진들에게 물었으나 다들 머뭇거리면서 대답하지 못했다.

세상 어떤 미치광이가 전쟁 시작과 동시에 아군 진영에 미사일을 쏜단 말인가?

왜?

대체 뭐가 목적인 거지?

-다들 뭐라도 말씀해 보세요.

-단순 오작동으로 인한 것은 아닌지…….

-상황에 따라 변명거리를 미리 준비해 놓은 것일지도 모릅니다. 어쩌면 위성해킹으로 인한 것이라며 훗날 발뺌을 할지도…….

-전부 아닙니다. 정보가 제대로 된 것인지부터 의심해 보아야 합니다.

이런저런 의견이 나왔지만 하리토노프 회장은 전부 아닐 거라는 생각이 들었다.

회장이 아무 말도 없자 이사진이 각자 의견을 강하게 개진하기 시작했고, 회의 참석자들의 목소리는 점점 커져 갔다.

그리고 그때, 새로운 보고가 들어왔다.

-회장님. 새로운 정보입니다.

-빨리 말해 보세요.

-이번 스팅레이 측의 기습공격으로 사망한 인원이 최소 150만 명을 넘을 것으로 추산됩니다. 또한 스팅레이 정기 주주총회 도중에 스팅레이 회장의 닌자부대가 출몰했고, 총회 참석자들을 납치하거나 살해했다고 합니다. 그리고 거기에는 저희 측의 인물도 여럿 포함되어 있었습니다.

-미친...... 150만 명? 갈수록 가관이군.

-그뿐만이 아닙니다. 사건 직후, 아론 스팅레이가 스팅레이 회장을 향해 무기를 휘두르는 장면이 포착되었다고 합니다.

-아론 스팅레이가 스팅레이 회장에게?

아론이라면 분명 스팅레이 회장의 아들 아니던가. 현재

스팅레이 재단의 이사장이자, 블라디미르가 무척이나 미워하는 인물이기도 했고, 아마도 이 도시에서 최강자급의 무력을 지니고 있을 것으로 추측되는 사내.

그런데 그자가 어째서?

전쟁을 하는데, 그런 최종병기를 이용하기는커녕 도리어 서로 싸우고 있다고? 무슨 이유로?

갈수록 의문이 늘어가던 와중.

-현재 아론 스팅레이와 스팅레이 회장의 닌자부대가 뉴 발할라 시티 서쪽 4km 부근에서 전투를 벌이기 시작했음이 확인됐습니다. 또한 이번 사건으로 인해 발생된 충격파가 인근 [신비] 무리를 자극하여…….

-잠깐.

하리토노프 회장이 말을 끊었다.

-다시 말해 보세요. 뭐라고?

-네. 이번 스팅레이 측의 대규모 미사일 공격이 인근 [신비] 무리를 자극하여 대규모의 몬스터웨이브가 발생, 대략 4시간에서 6시간 이내로 도시 서쪽 장벽에 도달할 것으로 보입니다.

-……!

이제야 알았다.

아니, '알았다'고 하기에는 정보가 너무 부족했다.

하지만 적어도 스팅레이 회장이, 무슨 목적으로 이번

일을 벌였는지 대충 가늠이 된다. 근거는 부족했지만 오랜 세월 스팅레이에 버금가는 메가코프를 이끌어 온 남자의 직감이었다.

-어떻게 하시겠습니까, 회장님? 명령만 내려 주시면, 즉시 전 병력을 이끌고 스팅레이 그룹 소유의 주요 지점을 타격하여 3시간 내로 점령할 수…….

-아뇨. 절대 안 됩니다. 스팅레이 놈들에게는 전선을 유지할 정도로만 병력을 보내고, 나머지는 전부 도시방위군과 함께 괴물들을 막을 준비를 하세요.

-저, 정말 괜찮겠습니까, 회장님?

-물론입니다. 현재 스팅레이 놈들을 쓸어 버리는 게 중요한 게 아닙니다. 서로 싸우다가 이 도시 자체가 무너져 버릴 수도 있어요. 어쩔 수 없습니다. 그리고…….

하리토노프 회장은 이를 갈듯이 말했다.

-당장 블라디미르…… 내 아들놈을 불러오세요.

* * *

스팅레이 회장의 직속 닌자 부대의 멤버들은 분명히 극한으로 갈고닦아진 병기들이었다.

그렇다면 한 명의 닌자로서 인정받고서 가면과 무기를 하사받기 위해서 얼마나 험난한 과정을 거쳐야 하는가.

그들은 선발과정부터 특별하다.

첫째, 부모나 연고가 없어야만 한다.

둘째, 인간을 죽인 경험이 있어야 한다.

셋째, 삶과 죽음을 구분하기 어려울 정도의 불행을 겪어 봐야만 한다.

넷째, 모든 테스트를 통과할 정도로, 유전적으로, 신체적으로 적합해야만 한다.

이 모든 기준을 충족하는 아이들은 폴른 구역에는 얼마든지 널려 있기에, 수급에 큰 문제는 없다.

그렇게 부대 리더의 엄격한 기준을 통과하여 선별된 아이들은, 도시에서 약 600km 떨어진 지역까지 몰래 호송된다. 그 과정 중 약 500km쯤 이동했을 때, 호송대는 아이들을 사막 한복판에 강제로 내린다.

그들에게는 하루치의 식량과 물, 기본적인 무기와 비밀기지 위치가 공유되고, 폭탄목걸이가 채워진다.

그때부터 그들은 호시탐탐 달려드는 [신비]들의 위협을 이겨 내고 자력으로 비밀훈련기지의 위치까지 도달해야만 한다.

그 과정 중에 살아남는 아이들은 처음의 3할. 그렇게 힘겹게 첫 시험을 통과했다고 해서 그들에게 행복한 생활을 곧장 주어지지는 않는다.

그 이후부터는 지옥의 나날이다.

훈련소 입소 직후, 나노머신을 투여받은 직후 그들은 빠르게 대체율을 높여간다. 수술을 받아 특별한 사이버웨어를 이식받는 경우도 있고, 모듈을 대량으로 장착하기도 한다.

당연하지만 모듈의 장착과 해제에는 일정 기간의 적응기간이 필요하다. 짧은 기간 동안 지나치게 많은 대체율의 변화가 있으면 세포가 붕괴하거나 하는 식으로 목숨을 잃기 십상이다. 어린아이의 경우에는 더더욱 취약하다.

하지만 훈련소에서 그런 기본적인 상식 따위를 기대해서는 안 된다. 매일 일정한 수준의 대체율을 충분히 올리지 못하면 그들은 도태되고 낙오된다. 그들은 죽을 위험을 각오하고서 매일 같이 목덜미의 소켓에 강력한 모듈들을 꽂아 넣는다.

그렇게 채 한 달도 되지 않아 법적한계 대체율인 70%를 넘긴 괴물들이 탄생한다. 몸집은 어린아이이지만 그들의 몸에 심어진 각종 무기들은 어지간한 콜로니 하나를 날려 버릴 수 있을 수준이 된다.

그리고 거기서부터 시작이다.

하루에 18시간 이상 고된 훈련을 받고, 사람을 죽이는 방법을 교육받는다. 때로는 뇌에 직접 전선을 연결하여 정보를 주입시키는 경우도 있고, 약물을 통해서 기억력을 높이는 경우도 있다.

 시뮬레이션 룸에서는 쉴 새 없이 괴물 혹은 인간과 가상으로 싸우며 그들을 죽이는 연습을 한다.

 또 정훈 교육실에서는 머리에 헤드기어를 쓴 아이들이 특정패턴의 주파수와 불빛, 단어를 반복적으로 들려주면서 반쯤 최면상태에 걸리게 한다.

 그 과정에서 부작용을 견디지 못하고 미쳐 버리거나 죽어 버리는 아이들도 많다. 하지만 그것은 그들이 '약하기' 때문이었다.

 어제까지 함께 훈련받던 동기가 쓰러져도, 그 아무도 신경 쓰거나 애달파하지 않고 각자의 커리큘럼을 묵묵히 따를 뿐이다.

 그렇게 소년소녀들이 18세에 이르면 감정은 완전히 사라지고, 스팅레이 회장의 명령에 절대 충성하는 꼭두각시 인형들이 탄생한다.

 그렇게 가면과 전용무기를 하사받게 되면 정식으로 닌자부대에 합류한다.

 그들의 마음속에는 두려움도, 그리움도, 사랑이나 애틋함도 없다. 오직 스팅레이 그룹을 향한 무한한 자긍심과 애사심, 회장을 향한 경외심만이 남는다.

 설령 회장이 아무런 이유도 없이, 그냥 누군가 죽는 게 보고 싶어서 '자해하거라'라고 명령한다면 그들은 망설임

없이 자신의 목숨을 끊어 버릴 테지.

 그 점이 아론에겐 골치 아팠다.

 설득도, 기만도, 심리전도 먹히지 않는다.

 서걱.

 아론이 손가락을 튕기자 대략 10명의 몸이 썰려 나간다. 누군가는 팔이 잘렸고, 누군가는 허리가 끊어졌으며, 또 누군가는 머리와 몸통이 분리되었다.

 그러나 아무도 머뭇거리거나 물러나는 이가 없다.

 서걱.

 다시 한번, 손가락을 튕기자 지면에 거대한 균열이 일어난다. 충격에 휩쓸려 상당수가 치명상을 입었지만.

 역시 놈들은 멈추지 않았다.

 서걱.

 분명히 쓰러뜨렸다고 생각한 놈이 갑자기 등 뒤에서 나타난다.

 사지가 잘린 채로 아무도 모르게 기어와서 등에 달라붙는다. 놈이 입을 벌리자 그 사이에서 불쑥 단도가 튀어나왔고, 아론은 간발의 차로 그걸 베어서 없애 버렸다.

 서걱.

 놀랍게도 놈들은 눈에 보이지 않는 실들을 정확히 인식했다. 분명히 관측하는 것만으로도 상당한 에너지가 소모될 것이 분명했는데, 그들은 아무렇지 않다는 듯이 실들의 위치를 예측하고 반격해 왔다.

서걱.

놈들이 들고 있는 무기들도 문제였다.

테크 블레이드에는 비할 바가 못 되지만, 그것들은 아론의 튼튼한 텅스텐 피부장갑에도 흠집을 내기에 충분했다. 바꿔 말하자면 어지간한 전차도 뚫어 버릴 수 있을 만큼 강력한 무기라는 뜻이었다.

그리고 가장 골치 아픈 점은

"……끝이 없군."

제아무리 닌자들이라고 하더라도, 아론을 1대1로 이기는 것은 불가능에 가까웠다.

게임체인저급 신비모듈을 동시에 2개 이상 다루는 적응자는 세상에서 아론이 유일했다. 거기다 오메가의 세포로 기본적인 신체 능력을 강화하고, [시체 먹는 자], [블랙아웃]이라는 강력한 모듈까지 추가 장비했으며, 심지어 티켓을 이용하여 전무후무한 Lv.6 신비모듈까지 장착한 그였다.

스팅레이의 닌자들이 인간병기로서 '길러져 왔다'라고 한다면, 아론 스팅레이는 '태어나는 순간'부터 인간병기 그 자체였다.

태생부터가 다르다.

유전자가 다르다.

재능이 다르다.

모든 게 아론이 압도하고 있었다.

그러나…….

끝이 나질 않는다.

아무리 아론이 닌자들을 베어 내고, 썰고, 짓이기고, 부숴 버리고, 망가뜨리고, 죽이기를 반복해도.

놈들은 또다시 달려들었다.

분명히 '처리했다'라고 인식하고서 다른 곳이 신경을 쏟았다가, 또다시 쳐다보면 분명히 죽었던 놈들이 멀쩡한 모습으로 다시 돌아와 좀비처럼 무기를 휘둘러댔다.

'뭐가 어떻게 된 거지?'

벌써 32회 차.

같은 가면을 쓴 녀석의 숨통을 끊으며 아론은 의문을 품었다.

처음에는 단순한 셈의 오류였거나, 증원이 왔거나, 그것도 아니라면 자신의 착각이라고 생각했건만…… 여우 가면을 제외한 닌자들 49명을 각각 5번씩 해치우고 나서야 뭔가 다른 비밀이 있다는 걸 깨달았다.

'자꾸 시간이 끌리는군.'

아직 [테크블레이드 진(眞)]의 형태를 개방하지도 않았고, 플라즈마 커터를 사용하지도 않았다. 체내 에너지는 충분했고 딱히 지친다는 감각도 없었다.

당연히 질 거라는 생각은 없었다.

그러나 이길 것 같지도 않았다.

마치 무한모드에 몰려오는 적들을 의미 없이 반복해서 죽이고 있는 기분이었다.

계속 이런 식이라면 자신도 한계를 맞이할 것이 분명했다. 어지간한 소형 콜로니를 혼자 발전시킬 수 있을 정도의 에너지를 보유한 아론일지언정, 그것이 '무한'이라고는 할 수 없었으니까. 조금씩 소모되다 보면 언젠가 바닥을 보게 되어 있다.

설령 그렇지 않더라도 앞으로 몇 시간 후에 몬스터웨이브가 도시에 도달하게 되면 싸움은 흐지부지되겠지.

아론은 그 상황이 마음에 들지 않았다.

'대체 비밀이 뭐지?'

어떻게 계속해서 복구될 수 있는 거지? 특정 신비모듈의 힘인가? 아니면 다른 속임수가 존재하는 걸까? 아무리 센서를 고감도로 전환하고, 사이버네틱스 장치의 도움을 받아 생각해 보아도 답이 나오지 않았다.

무엇보다 불쾌한 것은······.

'저쪽도 날 이길 생각이 없다는 것.'

마치 저들은 이대로 계속 시간을 끌다보면 어떻게든 되리라고 믿는 듯했다. 실제로 그렇기도 했다.

아론이 스팅레이 회장을 잡아 족치든 그렇지 못하든,

결국 시간이 되면 일단 그쪽은 내버려두고 천공룡과 싸워야 할 테니까.

'이대로는 안 된다. 시간이 끌릴수록 회장을 잡을 수 있을 가능성은 더더욱 낮아진다.'

스르르륵!

아론은 자신을 향해 날아오는 단검세례를 그대로 튕겨내면서 사고를 멈추지 않았다. 리더인 여우가면을 필두로 달려드는 다른 닌자들의 움직임을 면밀히 관찰했고, 혹여라도 놓치는 사소한 단서는 없을까 꼼꼼히 살폈다.

쉽지 않은 과정이었고, 지나치게 관찰에 집중하느라 위험한 순간이 몇 번 벌어지기도 했었다.

그리고 마침내.

"……설마?"

아론의 뇌리를 스쳐가는 생각이 있었.

승기가 기울어지는 순간이었다.

* * *

닌자 놈들을 상대하면서 눈치챈 것이 하나 있었다.

'에너지가 줄지 않아.'

처음에는 놈들의 기만책일 거라고 생각했다. 적응자들끼리의 싸움에서 상대의 체내 에너지량이 얼마나 되는지, 대체율이 얼마나 되는지 등을 가늠하는 것은 중요한 판단의 기준이 되고는 했으니까.

이는 마치 PVP게임에서 상대의 MP바를 확인하는 것과 마찬가지다. 적의 힘이 얼마 정도 되는지 가늠하고, 일부러 큰 공격을 하도록 유도하여 힘을 빼놓거나 하는 식의 전략을 취할 수 있기 때문이다.

때문에 적응자들은 기초적인 신체 개조와 무장을 전부 마치면, 남은 대체율은 상대의 스캐닝을 방해하거나 에너지량을 숨기는 쪽의 모듈로 채우고는 했다.

그것은 아론 역시 마찬가지였고, 그 덕분에 어지간한 발전소 이상의 체내에너지를 보유한 그가 사람들이 많은 길거리를 아무렇지 않게 활보할 수 있는 것이다.

그러나, 아무리 그런 부분을 철저하게 숨기려고 하더라도 간접적인 증거들로 인해 드러나는 정보까지는 숨길 수 없다.

가령 상대의 운동량, 신비모듈을 활성화시키는 순간에 관측되는 에너지량, 액티브형 모듈을 사용한 직후 공기 중에 떠도는 전하량 따위를 분석하면 상대방의 MP통이 얼마나 되는지 가늠이 된다.

또한 에너지 소모가 큰 기술을 사용할수록 과부하로 인해 체온이 오르고, 적응자 본인이 급속도로 지쳐 간다.

고로 서로 합을 주고받는 싸움이 길어지면 길어질수록

데이터는 축적되고, 상대방의 체내 에너지량, 대체율, 모듈구성 따위가 얼추 파악이 된다.

아론 역시 싸움을 계속하는 동안 상대의 정보를 파악하기 위해 면밀히 관찰했다. 그러나 전투 데이터가 쌓이면 쌓일수록 오히려 이해가 되지 않았다.

'에너지가 무한이라도 되는 건가?'

제아무리 법적 대체율 70%를 넘겨 버린 괴물들이라고 하더라도, 저 정도의 에너지양은 말도 안 된다.

계속해서 고화력 무기를 사용하고, 신비모듈을 통해서 기상천외한 현상들을 일으키는데 놈들은 전혀 힘을 소모하는 기색이 없었다.

'그리고 계속 부활하는 것도 이상하다.'

분명 죽여 놨는데 언제 그랬냐는 듯이 살아서 돌아오는 모습은 놀라움을 넘어서 경악스럽기까지 하다. 재생능력 관련 Lv.5 신비모듈을 전원이 장착하고 있다면 모를까, 그것은 말이 안 되지 않는가.

알 수 없는 힘이 작용하고 있다.

그것까지가 일단 파악한 사실이었다.

만약 미유가 여기에 있었다면 보자마자 비밀을 파헤쳐냈을지도 모르지만, 안타깝게도 통신이 마비된 것 같았다. 보이지 않는 곳에서 위자드가 구역을 장악하고 있는 거겠지.

하지만…….

'몰라도 확인해 볼 방법은 있다.'

아직은 가설 단계이긴 하지만, 굉장히 의심 가는 가능성이 있다. 아론은 이 이상 시간을 지체해서는 안 된다고 판단했고, 곧장 시험해 보기로 했다.

"모듈 오프라인, [테크 블레이드]"

"모듈 온라인, [블랙 아웃]"

에너지 소모가 큰 테크 블레이드를 집어넣고 다른 게임 체인저 모듈을 활성화했다. 아론을 중심으로 검은 장막이 잉크처럼 재빠르게 확산했고, 50명의 닌자들이 내 해킹 범위 내로 들어왔다.

그에 닌자들은 순간적으로 바닥을 무기로 파헤쳐서 장막을 벗어났다. [블랙아웃]의 능력을 알고 있다기보다는 아마 단순히 경계했기 때문이겠지.

하지만 상관없었다.

애초에 [블랙아웃]은 공격적인 기능이 하나도 없었다. 오직 기계를 조종하는 데에만 특화되어 있고, 장막과의 연결이 끊어지면 힘도 닿지 않는다.

움직이는 상대를 어떻게 할 수는 없었다. 특히 대체율이 높은 적응자라면 가볍게 발을 구르는 것만으로도 해킹 범위에서 벗어날 수 있을 터였다.

즉, 그가 노리는 건 살아 있는 상대가 아니라는 의미였다.

"슬슬 네놈들의 비밀을 파헤쳐 주마."

[블랙아웃]을 전개하는 순간에는 그 역시 움직임이 자유롭지 못했다. 아론은 회피 기동을 포기하는 대신, 실을 얼기설기 엮어 자신을 둘러싸는 거대한 커튼을 만들어 냈다.

닌자들에게는 절호의 기회였다.

아론의 퓨어스펙과 합쳐진 압도적인 속도와 힘 때문에 원거리 공격은 맞히는 것조차 힘들었다.

그 탓에 피해를 무릅쓰고 계속 근접 공격을 시도했었는데, 저렇게 멈춰 있어 준다면 이렇게 고마울 수가 없었다.

"……!!"

기회라고 판단한 닌자들은 아론을 전방위로 둘러싸고 일제히 쿠나이를 날렸다. 수백 자루의 쿠나이는 어지간한 총알의 속도를 가볍게 뛰어넘고 소닉붐을 일으키며 아론에게 날아들었다.

딸깍.

아론은 가볍게 손가락을 튕겼고, 수 천 가닥의 가느다란 실이 형태를 바꾸며 쿠나이를 베어 냈다.

그와 동시에 쿠나이에 내장되어 있던 고폭약이 터지며 높이 20미터가 넘는 거대한 화염기둥을 만들어 냈다.

콰아아아아아아앙-!

열풍과 함께 쿠나이의 날카로운 파편들이 흩날렸다.

하지만 닌자들은 아론이 이 정도로 쓰러질 만한 상대가 아님을 잘 알고 있었다. 어지간한 적응자는 흔적도 없이 날려 버릴 이 폭발마저도, 아론을 상대로는 눈속임 용도밖에 되지 않는다.

화염기둥이 아론의 관측장비들을 일순 먹통으로 만드는 동안, 닌자들은 곧장 다음 수를 준비했다.

스스스스스슥!

50명의 닌자들은 마치 한 사람처럼 일정한 동작으로 인을 맺었다. 그들의 손가락 끝에 가느다란 실들이 뿜어져 나왔고, 그것들을 동료들의 것과 얽히며 거미줄 형태를 만들었다.

"[천생사(千生絲)]"

[구름거미]의 열화판.

오래전 전천후 모든 상황에 완벽하게 대응할 수 있는 [구름거미]를 닌자부대의 기본 장비로 도입하려고 했던 시도가 있었다.

허나 [구름거미] 모듈의 복제는 둘째 치고, 아론처럼 수만 가닥의 실을 자유자재로 움직일 수 있는 자는 없었다. 그에 따라 실의 강도는 유지하되, 다룰 수 있는 실의 수를 대폭 줄여 버린 열화판 모듈이 그들의 기본 장비로 보급되었다.

실의 수가 줄어든 만큼 [구름거미] 급의 성능을 내기 위해서는 다른 동료들과의 연계가 필수적이었고, 그에 따라 사용할 수 있는 상황이 조금 제한되고 말았다.

허나 반대로 말하자면 조건만 갖춰진다면 게임체인저급 모듈인 [구름거미]에 맞먹는 성능이 보장된다는 것. 티켓을 통해 Lv.6로 업그레이드된 경지엔 달하지 못하겠지만, 적어도 그 이전의 수준은 재현해 낼 수 있었다.

촤르르르륵-!

실들이 솟구치는 화염을 뚫고 중심에 있을 아론에게 날아든다. 실들이 일으킨 바람으로 순식간에 불꽃이 사그라지고, 그 중심에 있던 아론의 모습이 드러난다.

아니나 다를까, 그만한 폭발 속에서도 아론은 전혀 피해를 입지 않았다. 그의 양복에만 조금 거스름이 생겼을 뿐이었다.

"[단(斷)]!"

닌자들이 팔을 움직여 실을 힘껏 잡아당겼고, 아론의 몸을 올가미처럼 조았다. 간발의 차로 아론은 지면에서 실을 뽑아냈고, 자신을 묶으려던 실을 받아치며 엉키게 만들었다.

카아아아아아앙-!

도저히 실과 실이 부딪치며 나는 소리라고는 믿기지 않을 금속성이 울려 퍼졌다.

8장 〈231〉

까드드득!

실과 실이 부딪친 자리에서 매섭게 불꽃이 튀기 시작했다. 아론은 50명이 실을 잡아당기는 힘을 혼자서 견디어 내며 줄다리기를 해 댔다.

그러나 결국 열화판은 열화판일 뿐이었고, Lv.6에 달한 원본의 성능을 감당해 내기에는 무리였다.

어느 순간 [구름거미]를 이겨 내지 못하고 [천생사]의 실들이 후두둑 끊어지기 시작했다.

그리고 힘싸움에서 이긴 아론은 도리어 상대의 실을 이용하여 공격을 시도했다. 그가 힘껏 주먹을 쥐어 들어 올리자, 닌자 몇 명이 일제히 중심에 서 있는 그를 향해 끌려들어갔다.

"……!"

닌자들은 아론의 압도적인 힘에 줄줄 끌려가는 상황에서도 포기하지 않았다. 끌려가는 힘을 추진력으로 이용하려 들었고, 아론에게 닿기 직전에 단검을 뽑아 아론의 급소를 찔렀다.

까앙!

아론은 단검들을 일제히 쳐 내는 데에 성공했으나, 한 자루가 아슬아슬하게 그의 턱끝을 스쳤다. 강화텅스텐 피부장갑과 칼날이 부딪치며 불꽃이 튀었다.

"쯧."

아론은 미간을 찌푸리며 자신의 턱에 생채기를 낸 닌자를 발로 깔아뭉개 버렸다. 뇌수가 터지고, 내용물이 흙바닥에 넓게 퍼진다.

그리고 그 순간.

다른 방향에서 공격이 들어와서 아론의 시야를 방해한다. 아론은 날아드는 칼날을 다시 한번 쳐 내고, 조금 전 자신이 밟아 죽인 닌자 쪽을 내려다보았다.

그러나, 놈은 사라져 있었다.

"역시."

아론은 훗, 하고 미소 지었다.

자, 이제 비밀은 밝혀졌다.

그는 실을 휘둘러 주변을 둘러싼 닌자들을 순식간에 썰어 버린 후, 한쪽으로 고개를 돌렸다.

"역시 네놈이 범인이었군."

그가 노려본 상대는 다름 아닌 여우가면.

당연하게도 가면 아래의 표정은 전혀 보이지 않았다.

"네놈은 공간이동 능력을 갖고 있었지. 그걸 이용해서 부하들이 쓰러질 때마다 회수해서 재빠르게 치료하고, 다시 데려오는 식이었던 거다. 그래서 급하게 치료가 필요한 대상이 있을 경우, 필사적으로 다른 쪽으로 내 시선을 돌렸던 거겠지."

팔이 잘리는 것쯤은 애들이 놀다가 넘어지는 수준으로

취급하는 세상이다. 닌자 놈들은 대체율이 높으니 미리 충분한 부분만 갖춰 둔다면, 수리를 순식간에 끝마치고 복귀하는 것도 어렵지 않을 터.

"네놈들은 대체율이 지나치게 높아서 나로서는 '죽였다'고 판단했지만 죽지 않았던 거다. 몸의 대부분 기계로 개조된 사이보그에게 죽음이라는 개념은 일반인과 다르게 작용할 테니까. 그렇지 않은가?"

"[…….]"

여우가면은 대답하지 않았다.

물론 딱히 도발하려는 의도는 없었지만, 이렇게 무반응이면 조금 흥이 식어 버리긴 한다.

아론은 혀를 한 번 차고는 말을 이었다.

"다만 공간이동은 어려운 기술이니만큼 에너지를 엄청나게 잡아먹을 거다. 제아무리 Lv.5 신비모듈을 이용해서 재현한 불가사의한 힘이라고 하더라도, 충분한 에너지가 받쳐주지 않으면 한두 번 쓰는 게 고작이겠지."

아론은 미유를 떠올렸다.

드워프 마을로 향하기 전 그녀는 순간이동이 얼마나 어려운 것인지 하소연한 적이 있었다. 이론적으로 불가능에 가깝고, 설령 가능하다고 하더라도 말도 안 되는 수준의 에너지량이 필요할 거라고.

"하지만 네놈은 아무렇지 않게 그 힘을 펑펑 써댔지.

스캐너에 잡히진 않았지만, 벌써 핵융합 발전소 십수 개급의 에너지를 소모했을 거다. 안 그런가?"

"[……]"

"그렇다면 그 에너지는 어디서 가져오는 것인가? 심장을 핵융합 원자로로 바꿨다고 하더라도 그만한 소모량은 감당할 수 없을 터. 방법은 하나뿐이지."

무한에 가까운 에너지를 가진 존재.

차원을 넘나들며, 자유자재로 마법을 다루면서도 결코 마력이 바닥나지 않는 사기적인 존재.

"드래곤."

잡은 드래곤을 충전소처럼 이용하고 있다는 결론이 나온다. 아마 [마나 배터리] 모듈과 비슷한 모듈을 이용해서 마력을 적응자가 사용할 수 있는 에너지로 바꾸는 식이겠지.

"이제 무의미한 시간 끌기는 끝났다."

이 모든 것이 여우가면의 모듈 때문일 테니, 그것을 못 쓰게 만들어 버리면 그만이다.

9장

우우우우우웅-!

천장에서 나는 소리가 무척이나 거슬렸다.

고개를 들어 올려다보면 직경 100미터는 가볍게 넘을 법한 거대한 환기팬이 제법 빠른 속도로 돌아가고 있다. 저렇게 거대한 게 움직여대니까 시끄럽지 않을 수가 없다.

다시 고개를 돌려 다른 쪽을 살펴본다.

이번에 눈에 들어온 것은 자신이 갇혀 있는 것과 비슷한 형태의 투명한 감옥이었다.

그 안에는 수십 개의 수술용 침대가 오와 열을 맞추어 늘어서 있고, 그 사이사이에서 수천 개의 기계 팔과 드론들이 분주히 움직이고 있었다.

스르르륵!

조금 지켜보고 있자니, 난데없이 빈 침대 위로 사람의 형체가 나타났다. 물론 사람이라고 하기에는 다소 애매하기는 했다.

일단 눈으로 보이는 몸통 전체가 기계로 이루어져 있다는 점은 차치하고, 하나같이 상태가 처참했다.

대부분은 몸의 절반이 잘려 나가 있거나, 어딘가가 부러져 있거나, 아니면 떨어져 나가 있거나 했다.

언뜻 보기에는 전장에서 크게 패배해서 간신히 후퇴했거나, 아니면 큰 사고를 당한 자들인 듯했다.

내심 죽은 게 분명하다고 생각했다. 그러나 그의 생각과는 달리, 기계팔들은 분주하게 움직이며 그들을 치료했다.

-바이탈 사인 확인.

-손실율 89%

-호환 파츠 재고 확인.

-재고 5591개 확인됨.

-수술 시작.

닌자인지 환자인지, 부상자인지 사망자인지 구분도 되지 않는 환자가 옮겨지자마자, 자동화된 기계 팔들이 수술을 시작했다.

눈 깜짝할 사이에 망가진 팔을 뜯어내고, 배를 열어젖

혀 기계식 장기들을 해체하고, 박살 난 머리를 분해했다.

나사를 조이고, 용접하고, 전기신호를 확인하고, 부품과 부품을 결합하고. 헤아릴 수 없을 만큼 복잡하고 정교한 작업을 각각의 기계 팔들이 완벽하고, 또 신속하게 이어 나간다.

팔을 잃은 자는 팔을 새로이 붙이고, 하반신이 잘린 자는 하반신을 결합하고, 머리가 박살 난 자는 새로운 기계식 복제뇌를 붙여서 집어넣는다.

그렇게 환자의 진단부터 수술의 끝나기까지 걸리는 시간은 평균 3초.

집도를 전부 마친 자들은 언제 이런 곳에 오기는 했었냐는 듯이 또다시 순식간에 어디론가 전송되며 자취를 감추었다.

"……."

드래곤, 드윈드로그는 눈을 감았다.

자신의 몸에서 쉴 새 없이 마력이 새어 나가고 있음이 느껴졌다. 마력의 흐름을 감지해 보자면, 이 케이지를 통해서 저 반대쪽 수술실 쪽으로 전송되고 있는 듯했다.

'마력을 빼앗고 있군.'

저 자동화 수술실의 모든 과정이 자신의 마력을 변환하여 얻어 낸 전기에너지를 통해 이루어지고 있었다. 드윈드로그는 그 사실에 이루 말할 수 없는 치욕감을 느꼈다.

살을 찢고, 눈꺼풀을 뜯어내는 등의 생체실험을 이어 가던 것이 불과 얼마 전이다.

[신비]의 왕이자 다차원의 군주로서 군림해야만 하는 드래곤의 위상 따위는 바닥으로 떨어진 지 오래고, 이제는 단순한 실험쥐 신세를 넘어서 살아 있는 배터리 취급당하고 있다니.

'죽여 버리겠다……!'

언제가 될지는 알 수 없다.

하지만 필멸자들의 삶은 짧다. 분명 몇백 년도 되지 않는 세월 안에 이 고통과 치욕도 끝나겠지. 그러니 그때까지만 견디면…….

'……과연 견딜 수 있는가?'

수백 년을 이런 식으로 살아가라고?

언제 끝날지도 모르는 지옥 속에서 서서히 영혼을 갉아 먹히면서, 서서히 드래곤으로서의 자긍심마저 닳아 없어질 때까지 견뎌 내라고?

특히나 이 사태를 만든 주범.

천공룡과 스팅레이 일족이 과연 그때까지 살아 있을 것인가? 물론 이 세계에는 노화방지수술이라는 게 존재하니 살아 있을 수도 있겠지. 하지만 반대로 말하자면, 그들이 살아 있을 동안에는 이곳에서 벗어날 기대도 접는 편이 더 낫다.

그리고…….
'그때쯤이면 내가 돌아가더라도…….'
전부 사라져 있겠지.
기억 속에 남은 거리와 사람들도.
아니면 돌아가고 싶다는 마음과 그에 대한 기억 자체도 희미해지다 못해 한 줌의 먼지로 바뀌어 버릴지도 모를 일이다.
'돌아가고 싶다…….'
그의 영혼이 다시금 외친다.
절망으로 가득한 목소리로.
이제 복수고 뭐고 좋다고.
'제발 돌아가게만 해 다오.'
인간의 자아와 드래곤의 자아가 충돌하며 균열을 일으키고, 다시 융합되길 반복한다. 정신적인 고통을 조금이라도 피하기 위해 잠을 청한다.
위이이이이잉-!
하지만 거슬리는 환풍기 소리와 자동화 수술실 기계 팔들의 동작음에 좀처럼 잠들 수가 없었다. 하다못해 마법이라도 쓸 수 있었다면 저 거슬리는 것들을 전부 차단해 버릴 수 있을 텐데.
원망에 찬 눈길로 그는 다시금 건너편의 수술실을 노려본다. 그는 힘껏 꼬리를 휘둘러 자신을 가둔 유리케이지를 부수려고 시도했다. 하지만 역시나 그의 몸부림 역시 충격에너지에서 전기에너지로 치환될 뿐이었다.

"제기랄."

그의 날카로운 이빨 사이로 낮은 으르렁거림이 새어 나왔다. 저 망할 기계들을 전부 때려 부숴 버릴 수만 있으면 얼마나 좋을까.

그런데 그때였다.

건너편에서 기묘한 형체가 포착되었다.

아주 찰나의 순간에 불과했지만, 드래곤의 압도적인 동체 시력에서는 벗어날 수 없었다.

환자 한 명이 또다시 전송되어 왔다.

딱 한 사람 분의 차원균열이 발생했고, 그 사이로 한 구의 시신이 스르륵 빠져나와 침대 위로 눕혀졌다.

머리가 으깨진 시체였다.

인간 시절이었다면 보는 것만으로도 구역질이 치밀어 올랐겠지. 이 세계의 기술로도 되살리는 것은 어려웠던 것인지, 기계 팔들은 머리를 갈아 끼우기로 판단한 듯했다.

재고에 남아 있던 기계식 복제뇌를 가져와 두개골에 심고, 그 위를 안면근육 및 장갑으로 뒤덮는다. 그리고 코발트 합금으로 이루어진 척추와 목뼈의 신경을 연결하는 식으로 죽은 자를 되살린다.

그 작업을 마치기까지 대략 2초.

사람의 손으로 이루어졌다면 몇 시간은 걸렸을 방대한 작업이, 고작 2초 만에 완료되어 버렸다. 그렇게 아무 일 없다는 듯 부활에 성공한 시체는 다른 환자들과 마찬가지로 차원균열에 의해 자취를 감추었다.

다만 드윈드로그가 신경 쓰이는 것은 그 과정 자체가 아니었다. 조금 전 시체가 전송되어 올 당시, 아주 짧은 순간이지만 '기묘한' 형체가 보였었다.

'그건 뭐였지……?'

차원균열 틈새로, 시체와 함께 검은 장막 같은 것이 넘실거리는 것이 보였다. 그것은 마치 먹잇감을 찾는 촉수처럼 사방으로 뻗어 나가길 시도하는 모습이었다.

물론 1초도 안 되는 시간이었고, 균열이 닫히자마자 사라지고 말았다. 그 탓에 드윈드로그는 두 눈으로 그 검은 장막의 존재를 똑똑히 확인했음에도 자신이 헛것을 보았을지도 모른다고 생각했다.

허나 그것은 착각이 아니었다.

조금 전의 시체를 시작으로, 이곳으로 시체와 환자가 전송되어 올 때마다 그 '검은 장막'의 모습이 언뜻언뜻 보였다.

그것은 균열이 열려 있는 틈을 타서 무엇을 붙잡으려 하는 듯이 필사적으로 팔을 뻗어댔다. 그 모습은 마치 안

쪽이 보이지 않는 상자 속으로 팔을 뻗어 대는 사람의 움직임과 비슷했다.

"......??"

이곳에서 줄곧 같은 모습을 보아 왔던 드윈드로그에게는 꽤 흥미로운 자극이었다.

대체 저 촉수 같은 것이 무엇을 원하는 것인지, 만약 저것의 목적이 달성되면 무슨 일이 벌어질 것인지 궁금해지기 시작했다.

그는 계속 그 광경을 지켜보았다.

균열이 열리고, 촉수가 뻗어지고, 환자가 전송되고, 균열이 닫히고, 촉수가 끊기고 눈 깜짝할 사이에 대수술이 끝나고, 다시 환자가 전송되고.

채 10분도 되지 않는 시간 동안 수백 차례, 촉수는 계속해서 무언가를 찾아내길 시도하고, 실패하길 반복했다.

그러다 어느 순간.

"오......?"

제일 구석에 있는 균열을 통해 전송된 촉수가, 마침내 기계 팔 끄트머리에 닿는 데에 성공했다. 0.1초도 안 되는 찰나의 순간이지만, 분명히 접촉하는 데 성공한 것이다.

그것이 발단이었다.

검은 촉수에 닿은 가느다란 기계 팔이, 그것을 계기로 전원이 끊긴 것처럼 작동을 멈추었다.

물론 한 자리마다 수천 개의 팔이 수술을 담당하고 있었고, 그 중에 겨우 하나였으니 큰 문제는 아니라고 할 수 있었다.

그러나.

드윈드로그는 확실히 알 수 있었다.

'작업이…… 느려졌다……!'

초 단위로 계산하기에는 너무나도 짧은 순간. 아마 정상적인 상태일 때 비교해서 0.01% 정도의 차이. 3초가 걸리는 수술이었다면, 0.0003초의 차이. 사소하다 못해 신경 쓰는 것이 바보 같아질 정도의 에러.

허나, 눈에 보이지 않는 먼지 하나가 컴퓨터의 회로를 망가뜨리는 것처럼, 잔잔한 호수 위에 떨어진 한 방울의 물방울이 커다란 파문을 일으키는 것처럼.

그것을 계기로 바뀌기 시작했다.

환자가 이송되고 치료받는 과정이 아주 '조금' 느려짐에 따라서, 환자의 전장으로의 복귀가 느려졌다.

그에 따라 사상자들이 늘어나서 수술실로 이송되어 오는 일이 아주 조금 늘어났고, 그 순간을 이용하여 촉수가 새로운 기계 팔을 망가뜨릴 기회가 늘어났다.

또다시 망가진 기계팔로 인해 수술이 늦어졌고, 환자의

복귀가 늦어졌으며, 사상자가 늘어났고, 또다시 촉수가 팔을 뻗어서 기계 팔들을 망가뜨렸다.

처음에는 하나.

다음에는 둘.

그 후에 다시 넷.

또다시 여덟.

부상자가 늘어남에 따라 망가져가는 기계팔 들의 개수가 기하급수적으로 늘어나기 시작했다.

처음에는 0.1초도 안 됐던 지연이 이제는 1초를 넘어 수십 초 단위로 느려지기 시작했다.

"으으으윽……!?"

차원균열이 늘어나는 횟수에 따라 드윈드로그의 몸에서도 대량의 마나가 빠져나가기 시작했다. 또한 이변을 감지하고 수술실이 자가 수리에 들어가며 더 많은 에너지가 필요로 해졌기 때문이었다.

그러나 이미 한번 일어나기 시작한 파문은 멈출 수가 없었다. 그것은 마치 눈사태 혹은 질병처럼 기하급수적으로 번지기 시작했다.

헤아릴 수 없을 만큼 많았던 기계 팔들이 병에 걸린 사람들처럼 하나둘씩 움직임을 멈추어 갔고, 어느덧 수술실 전체가 마비되기 시작했다.

-이상. 이상. 이…… 사아…… 앙……!

─시스템 전개 30% 미만······!

─복구 불가······ 능······!

수술실을 밝히던 조명들이 꺼져 가기 시작했다. 기계 팔들은 삐걱거리다가 바닥으로 머리를 떨구며 축 늘어졌다. 그 모습은 마치 죽은 거대한 등나무가 가지를 축 늘어뜨리고 있는 모습을 연상시켰다.

그리고 어느 타이밍을 기점으로 침대가 사상자들을 수용할 수 없는 지경에 이르렀다. 시체 위로 시체가 떨어지고, 그 충격으로 기계 팔들이 흔들리고, 수술실은 하나의 거대한 시체구덩이로 전락해 버리고 말았다.

그때쯤이 되어서야 드윈드로그의 마력도 더 이상 빨려 나가지 않았다. 그의 마력을 게걸스럽게 먹어치우던 괴물이 죽어 버린 것이다.

"······무슨 일이 벌어진 건가?"

이해할 수 없는 현상에 놀라워하고 있던 그때였다.

콰아아아아아아아앙-!

차원 관문이 열리며 수술실의 시체더미 위로 누군가가 떨어졌다. 사실 '떨어졌다'기보다는 '돌진했다'라는 묘사가 더 어울릴 듯했다.

한 사람이, 다른 한 사람의 목을 붙잡은 채 짓누르고 있었고, 그 충격파로 인해 수술실의 벽면에 균열이 생겨났다. 연약한 기계 팔들이 우수수 바닥으로 떨어졌고, 핏

방울들이 사방으로 튀었다.

그리고…….

[이제야 끝났군.]

수술실 너머에서 낯익은 목소리가 들려왔다. 피투성이가 된 남자가 시체 구덩이 한복판에서 몸을 일으켰고, 지친 듯이 숨을 몰아쉬었다.

[후우…….]

어둠 속에서 금색 눈동자가 번득인다.

이윽고 그 눈동자가 드윈드로그를 향했다. 그는 그 눈을 알고 있었다.

"네, 네놈은……!?"

[여기 있었구나, 드래곤.]

상대는 지친 표정으로 전혀 생각지도 않은 말을 내뱉었다.

[구해 주러 왔다.]

* * *

아론 스팅레이.

드윈드로그가 그 얼굴을 본 순간, 그의 머릿속에는 분노보다도 의문이 먼저 떠올랐다.

그도 그럴 것이, 그의 꼴이 이전에 비할 바가 안 될 정도로 만신창이였기 때문이다.

"……어째서 그런 꼴로 온 것이냐?"

드윈드로그는 경계심을 늦추지 않고 물었다.

아론의 복장은 이전에 봤던 검은 양복 차림이 맞았지만, 온통 찢어지고 젖어서 거지꼴이나 다를 게 없었다.

그의 바짓단과 머리칼 아래로 액체가 뚝뚝 흘러내렸다. 비라도 맞았나 싶었지만 그런 것치고는 액체가 붉은색이었다.

이내, 드윈드로그는 그의 몸을 적신 것이 '피'라는 것을 깨달았다.

아론은 드윈드로그의 질문에 잠시 고개를 갸웃거리더니, 이내 깨달았다는 듯이 "아아."하고 탄식했다.

[내 피는 아니다. 비 오는 곳에서 싸우다 보니 이렇게 되고 말았지.]

"딱히 네놈을 걱정한 게 아니다."

그러면서 드윈드로그는 다시 한번 아론의 용태를 살폈다.

아론의 말마따나, 그는 다소 지쳐 보일지언정 이렇다 할 부상은 없어 보였다. 그의 발치에는 반으로 갈라진 일본식 여우 가면 하나가 떨어져 있는 것이 보였다.

'설마, 저 닌자들과 싸운 게 저 녀석이었던 건가……?'

하기야 저 닌자 놈들은 상당한 강자로 보였다. 그런 상대를 저런 처참한 꼴로 만들 수 있는 것은 이 도시에서 아론을 포함하여 몇 되지 않을 것이다.

뭐, 그건 아무래도 좋은 얘기고.

중요한 것은 어째서 저놈이 이곳에 나타났냐는 것이었다.

게다가 "구해 주겠다."라니? 이곳에 먼저 처넣은 게 누군데 염치도 없이?

아니면 다른 꿍꿍이라도 있는 걸까?

"무슨 목적으로 온 것이냐?"

[구해 주러 왔다고 하지 않았나.]

스스슥.

아론이 허공에 손을 내젓자 그의 앞길을 가로막는 시체들이 허공으로 떠오르며 다른 곳으로 치워졌다.

이윽고 그가 유리 벽면에 손을 짚는 동시에, 사방으로 균열이 일어나며 한쪽이 와르르 무너졌다.

저벅저벅.

그는 평소보다도 조금 느린 걸음으로 드윈드로그가 갇혀 있는 유리 감옥 쪽으로 다가왔다.

거리가 가까워진 덕분에 아론의 기척과 목소리가 더욱 또렷하게 느껴졌다.

"구해 주는 대신 조건이 있다."

"조건이라고?"

드윈드로그는 코웃음을 쳤다.

"이 몸을 여기다가 가둔 것은 네놈이 아니더냐? 그런데 이제 와서 뭐가 대단한 일이라도 하는 것처럼 생색을 내면서 조건을 내걸다니? 뻔뻔한 것에도 정도가 있는 법이다, 필멸자."

"집으로 돌아가고 싶지 않나?"

"……!"

아론은 가벼운 한마디로 드윈드로그의 입을 다물게 했다.

드윈드로그는 애써 포커페이스를 유지하려고 했다. 물론 어차피 아론은 드래곤의 표정 따위는 전혀 읽을 줄 몰랐기에 별로 의미는 없는 노력이었다.

"솔직히 말하지. 나는 네 도움이 필요하다. 반대로 너 역시 이곳에서 나가기 위해서는 내 도움이 필요할 테지. 내게 협력하기로 약속한다면 널 이곳에서 풀어 주고, 원래 세계로 돌아가는 것까지 도와주겠다."

"……지금 내게 그 말을 믿으라는 것이냐?"

"반대로 나 역시 네가 풀려난 다음 날 배신하지 않으리라는 보장이 없다. 나는 그 리스크 역시 감안하고서 네게 제안하는 것이다."

"…….."

드윈드로그는 입을 다물었다.

아론의 말마따나, 여기에서 자신을 풀어 준다는 것은 그에게 있어 커다란 리스크를 감수하는 일이다.

그것을 알면서도 그런 거래를 제안한다는 것을 보아, 아론이 꽤 궁지에 몰려 있음을 유추할 수 있었다.

그 순간 드윈드로그의 머릿속에는 아론이 처해 있는 상황이 대충이나마 그려졌다.

"카하하. 이거야, 쌤통이라 해야겠군."

"어째서 웃는 것이지?"

"보아하니 스팅레이 회장에게 배신당한 모양이구나. 네놈은 그 능구렁이의 마수에서 벗어나기 위해서 내 도움이 필요한 거고. 아닌가?"

"추리력이 상당히 떨어지는군. 드래곤이 전부 똑똑한 건 아닌가 보지?"

"……뭐야?"

드윈드로그가 으르렁거리자 아론은 자신의 앞머리를 쓸어 올리며 뒤편의 시체무더기를 엄지손가락으로 가리켰다.

"저걸 보고도 그런 추리밖에 안 되나?"

"……."

확실히 이상하긴 했다.

저런 놈들을 혼자서 쓸어버릴 수 있는 놈이 이제 와서 자신의 도움을 필요로 한다는 점이.

농담이 아니라 '도시 전체'를 적으로 돌려도 살아남을 수 있을 만한 녀석이 대체 무엇 때문에 이러는 걸까?

그 순간 드윈드로그의 머릿속에 떠오르는 것은……

"천공룡인가……!"

"그래."

아론이 고개를 끄덕였다.

이윽고 아론은 현재 벌어진 상황을 설명하기 시작했다.

"스팅레이 회장이 테러를 감행했다."

스팅레이 정기 주주총회에서 갑작스럽게 벌어진 이변. 그 직후 그와 대립하기 시작해서 지금에 이르기까지.

그렇게 지금까지의 일에 대해 설명을 간략하게 마친 아론은 현 상황을 한마디로 말했다.

"지금 몬스터들이 몰려오고 있다."

평소 포커페이스를 능숙하게 유지하던 아론의 얼굴에 불안의 그림자가 짧게 스쳤다.

"너는 빙의자니 알고 있겠지. 이건 본래라면 2년 정도 후에나 벌어졌어야 했을 일이다. 그 탓에 현재로서는 대비가 전혀 안 되어 있다."

"대비라……"

"스팅레이 그룹 내의 문제를 해결한 후에 아이리를 비롯한 메인 캐릭터들의 육성에 힘을 쏟을 예정이었다. 하지만 나를 포함한 빙의자들의 존재 때문에 원작과의 괴리가 지나치게 심해졌지. 이 사태를 막을 인물이 존재하지 않는다."

"그래서 이 몸에게 도움을 청하는 것인가?"

"그래. 내가 나서서 어찌어찌 몬스터웨이브를 처리한다고 해도 그다음이 문제다. 사실상 이번이 천공룡을 잡을 마지막 기회인데, 그걸 놓칠 수는 없다."

만전을 기해도 이길 수 있을지 모르는 상대다.

이미 스팅레이 닌자부대를 상대하고, 몬스터 웨이브까지 처리한 다음에 천공룡을 상대하는 것은 사실상 자살 행위에 가깝다는 것이 아론의 판단이었다.

"이 사태를 해결하기 위해서는 적어도 나와 비슷하거나 그 이상의 힘이 필요하다고 판단했다."

"그래서 나인가."

드윈드로그의 물음에 아론이 묵묵히 고개를 끄덕였다.

"가급적이면 빠르게 대답해라. 나를 도와 함께 천공룡을 쓰러뜨릴 것인지, 아니면 계속 이대로 갇혀 있을 것인지."

"말할 가치도 없군."

드윈드로그가 코웃음을 쳤다.

"네 말대로라면 가만히만 있어도 괴물들이 몰려와서 이 도시를 무너뜨리겠지. 그렇다면 인간들은 전부 사라질 테고, 이곳도 머지않아 무너지겠지. 어차피 기다리면 손에 들어 올 텐데, 뭐 하러 네놈과 손을 잡아야 하지?"

"필요하다면 그 이유를 설명해 주지. 첫째, 네놈은 천공룡을 쓰러뜨리고 원래 세계로 돌아가고 싶어 했다. 그를 위해서 정체를 숨긴 채 공권력의 시선이 닿지 않는 곳에서 피해 다녔지. 네놈이 같은 드래곤일지언정 천공룡에게 일대일로는 승부가 되지 않는다는 증거다. 도움이 필요할 테지."

"……!"

"둘째, 나는 천공룡의 목적을 정확히 모른다. 인류를 꼭두각시 인형으로 쓰고 있는 이유를 모른다는 거다. 하지만 적어도 그것은 놈이 인류를 절멸시킬 가능성은 적다는 뜻이지. 과연 놈이 몬스터웨이브를 내버려 둘까?"

"그건……."

"셋째, 네 반응을 보아, '안티레인'에 천공룡의 사념이 담겨 있다는 것은 너 역시 몰랐던 듯하군. 하기야 그러니 정체를 숨겼다면서 천공룡의 영역인 E섹터에서 아무렇지 않게 비를 맞으며 돌아다녔던 거겠지. 그 점을 미루어 보아 너는 나와 달리 천공룡을 실체화시킬 방법을 갖고 있지 않다는 의미다."

차근차근 이어지는 아론의 설명에 드윈드로그는 말문이 막히고 말았다.

처음에 그가 '천공룡'이라는 존재를 알게 되었을 때 파악한 정보라고는 '무척이나 강하며, 놈이 다른 세계로 가는 길이 열리는 것을 막고 있다'는 정보뿐이었다.

놈에게 정면 승부로는 이길 자신이 없어서 E섹터의 주민들의 생명력을 이용하여 차원문을 열려는 계획이었으나, 아론에게 저지당했던 것이고.

이제 와서 그 계획을 처음부터 다시 진행한다는 것은 말이 안 되는 일이었다. 설령 그 방법을 고집한다고 해도 결국 끝에는 천공룡과 맞붙게 될 가능성이 높았고.

결국 추가적인 수단이 필요하긴 했다.

무언가 획기적인 힘이든, 아니면······.

"······알았다."

"넷째. 아마도 이번 사태가 끝나면 내 여동생인 칼리아 스팅레이가 회장으로 취임하게 될 거다. 그 상황에서 이 시설은······."

"알았다고 하지 않았느냐! 설명은 그 정도면 됐다. 충분히 알아들었다!"

드윈드로그가 짜증 난다는 듯 으르렁거렸다.

"협력하겠다. 그러니 날 풀어다오."

"······그게 정말인가?"

"이제 와서 의심의 눈초리를 보내는 건 뭐 하자는 거냐? 됐으니 빨리 풀어 주기나 하거라. 이놈의 감옥은 지굿지굿하니."

"배신하지 않겠지?"

"……."

이 자식, 짜증 난다.

자신이 배신하지 못할 걸 이미 뻔히 알고서 주저리주저리 읊어댔으면서 마지막까지 저러다니.

"……배신하지 않는다."

"그 말을 어떻게 믿지?"

"드래곤의 명예를 걸겠다."

"넌 인간이었지 않나."

[그렇다면 내 영혼을 걸지. 맹세하마.]

마지막 말은 용언(龍言)을 이용하여 말했다.

태초의 언어인 드래곤의 언어에는 강력하고도 마법적인 힘이 깃들어 있다. 그 말을 사용하여 단어를 내뱉는다는 것은 그 자체로도 무거운 의미를 담고 있으며, 실제로도 강력한 주술적인 효과를 발휘하곤 했다.

이로써 드윈드로그가 스스로 내뱉은 말은 그의 영혼에 새겨졌으며, 거스를 수 없는 언령이 되고 말았다.

여기서 그 말을 어기고 배신하게 된다면 그만큼 큰 대가를 치르게 되겠지.

"……이제 됐나?"

"그래."

"그렇다면 이제 날 풀어 다오."

"······알겠다."

끄덕.

고개를 움직이며 수긍한 아론은 이내 작게 읊조렸다.

"모듈 온라인. [테크 블레이드]"

순식간에 아론의 손끝에서 날카로운 검이 생겨났다. 그가 그것을 한 손으로 가볍게 휘둘렀고, 한 줄기의 섬광이 허공을 스쳐 지나갔다.

그리고 그 직후.

서걱!

드윈드로그가 갇혀 있던 거대한 유리케이지가 깔끔하게 갈라지더니, 바닥으로 떨어지며 산산이 부서졌다. 자신이 아무리 발버둥 쳐도 부서질 기미조차 보이지 않았던 물건이 이리도 간단히 망가지자, 드윈드로그는 다소 복잡한 심경이 들었다.

"고작 이딴 물건이 이 몸을······!"

"내부에서 일어나는 충격을 집중적으로 받아 내도록 설계되어 있던 물건이겠지. 딱히 부끄러워할 일이 아니다."

"······."

드윈드로그는 그 말에 대답하지 않고 다시 한번 실험실의 풍경을 돌아보았다. 그러다 문득 의문이 들었다.

"어째서 부수는 방법을 택했지? 그 검은 촉수를 사용하면 되지 않았나?"

"[블랙아웃] 모듈을 말하는 건가?"

"이름엔 관심 없다. 여기에 있을 때 저쪽 수술실에서 무언가 검은 것이 일렁거리는 것이 보여 네놈의 능력인가 짐작했을 뿐."

"뭐, 네 말대로 케이지와 연결된 컴퓨터를 해킹하면 굳이 부수지 않고서도 열 수 있었겠지. 하지만……."

아론이 어깨를 으쓱하며 답했다.

"부수는 편이 너 역시 안심되지 않나?"

"……재수 없는 놈."

드윈드로그는 퉁명스럽게 뇌까리고는 작게 접혀 있던 날개를 크게 펄럭였다. 그가 일으키는 풍압에 주변의 물건들이 사방으로 튀었다.

"자, 출구를 안내해라."

"잠깐."

아론이 허공에 손을 뻗었고, 수술실 시체 틈바구니에서 한 구의 시신이 둥둥 떠서 다가왔다. 그는 시체의 목덜미에 손을 뻗어 무언가를 우악스럽게 뜯어냈다.

"지금 뭐 하는 거지?"

"시험해 볼 게 있어서."

그렇게만 설명하고 물건을 챙긴 아론은 다시금 드윈드

로그를 향해 묘하게 장난 어린 눈길로 쳐다보았다.

"자, 가도록 하지."

"왜 그런 표정으로 보나."

"해 보고 싶었던 대사가 있어서."

아론은 툭툭 드윈드로그의 옆구리 비늘을 툭툭 치면서 말했다.

"'어쩔 수 없군. 이번만 임시 동맹이다.'"

"……."

드윈드로그는 생각했다.

이 자식, 꽤 이상한 녀석이라고.

10장

10장

"어떻게 되었느냐."
"'키츠네'가 패배했습니다."
"그렇군."
키츠네.
'여우'라는 뜻으로 스팅레이 닌자부대의 두령을 일컫는 명칭이었다. 즉, 닌자부대가 아론 스팅레이의 손에 쓰러졌다는 소식.
심혈을 기울여 키워 낸 최강의 적응자 부대가 궤멸했다는 소식에도 스팅레이 회장은 눈 하나 꿈쩍하지 않았다. 도리어 빛바랜 유황 같은 색을 한 그의 눈은 만족스러워 보이기까지 했다.
"그래서, 놈은 어떡하고 있느냐."

"시설에 가둬 둔 드래곤을 구해 내는 것까지 확인했습니다. 현재 스캐빈저 부대가 흔적을 살피고 있고, 아마 높은 확률로 '키츠네'의 모듈을 가져간 듯합니다."

"좋구나…… 아주 좋아."

스팅레이 회장의 입꼬리가 부드럽게 휘어졌다. 과연 누가 그 표정을 보고서 도시를 불태우려는 광왕(狂王)의 얼굴이라고 상상이나 할 수 있을까.

"이것 참. 예전에는 너무 제 힘만 믿고 날뛰는 망나니라서 골치가 아팠는데, 이제는 영악한 고양이 같은 놈이 되어 버려서 골치가 아프다니까. 어디서 저런 놈이 나타나서 몸을 차지했는지 원…… 관리하기가 참 힘들어."

"……."

"마음 같아서는 어디다 가둬서 개조라도 해 버리고 싶었지만 그랬다간 역효과였겠지. 말 안 듣는 아들놈을 다루기가 이렇게나 힘들다. 그렇지 않느냐?"

"지당하신 말씀입니다."

"허허허."

임상호 비서실장은 회장의 말에 맞장구를 치며 고개를 꾸벅 숙였다.

회장은 오늘따라 기분이 좋은 것인지 시종일관 미소를 짓고 있었고, 말도 많았다. 심지어 휠체어에 기대 콧노래까지 한참 흥얼거리던 그는 한숨과 함께 다시금 입을 열었다.

"벌써 200년이다."

그의 눈앞에 드넓은 황무지가 아른거린다.

"이 노쇠하고 무너지기 직전인 몸뚱이로 용케 여기까지 왔다. 언제부터인가 '황제'라는 이름으로 불리기 시작하면서 힘든 일도 즐거운 일도 많았지. 이제는 전부 아련한 추억일 뿐이다만……."

"회장님……."

"내가 줄 수 있는 건 모조리 주었다. 판을 깔아 주었으니, 그것을 받아먹느냐 못 먹느냐는 자식놈들의 몫이겠지."

"……."

"너도 오랜 세월 수고했다, 상호야."

비서실장의 이름을 부르며 회장은 웃었다. 임상호 비서실장은 먹먹해지는 감정을 억누르며, 정중하게 허리를 90도로 숙이며 인사했다.

"저도 오랜 세월, 회장님을 곁에서 모실 수 있어서 무척이나 영광이었습니다."

"무슨 소리를. 전부 네가 잘 해 주었던 덕이 아니겠느냐. 네 아비도 널 자랑스러워할 게다."

"감사합니다."

임상호 비서실장은 허리를 폈다.

다시 고개를 치켜든 그의 눈가에는 눈물이 고여 있었

다. 그는 울먹거리는 목소리로 간신히 말을 맺었다.

"그럼, 먼저 실례하겠습니다."

"그래. 먼저 가서 기다리고 있거라. 조만간 따라갈 터이니."

"넵. 언젠가 다시 회장님을 모실 수 있기를, 마음 깊은 곳에서부터 기도하고 있겠습니다!"

그 순간.

임상호 비서실장은 그의 품 안에서 권총 한 자루를 꺼냈다. 그 후, 그는 목덜미에서 전투 모듈을 전부 제거하고 방아쇠를 자신의 턱 아래에 가져다 댔다.

그리고…….

"스팅레이 만세!!"

타앙-!

폭발음과 함께 피가 튀긴다.

180cm를 넘는 거한의 몸이 이내 바닥으로 털썩 쓰러진다. 시간이 지나자, 임상호 비서실장의 몸 아래로 붉은색의 따뜻한 액체가 서서히 웅덩이를 만들어 냈다.

그런 광경에도 스팅레이 회장은 무표정을 유지하며 천천히 휠체어의 방향을 돌렸다.

방의 문을 열고 복도로 나가자 스팅레이의 마크가 달린 양복을 입은 자들의 시신이 바닥에 모조리 쓰러져 있었다. 전부 임상호 비서실장과 같은 사인(死因)이었다.

스팅레이 회장은 산책이라도 하는 것처럼 느긋한 기색으로 피와 체액으로 점철된 복도 사이를 지나간다.

그리고 한참을 지나 복도 끝, 강화벽 앞에 도착했다. 강화벽 옆에는 소총을 든 무장병사 두 명이 나란히 피를 흘리며 벽에 등을 대고 쓰러져 있었다.

그는 홀로 중얼거린다.

"올 때가 되었는데······."

그와 동시에, 강화벽 너머로 무언가가 폭발하는 소리가 들려왔다.

콰아아아앙-!

콰아아아앙-!

건너편에서는 문을 부숴 버리려는 듯한 소리가 반복적으로 들려왔다. 그에 스팅레이 회장은 여전히 느긋한 기색을 유지하며, 강화벽의 잠금을 풀었다.

스르륵.

부드럽게 강화벽이 열리고, 반대편에서 문을 뚫고 들어오려 했던 존재의 정체가 드러났다.

그것은 다름 아닌 칼리아였다.

"왔느냐. 급하니 직접 행차하였구나."

"[T Δ H T ζυυ Θ!!]"

"무슨 말인지 모르겠구나."

"[드레이크 스팅레이!! 도마뱀의 언어가 아니라 인간의 언어로 해 주지 않으련?]"

 격노하는 칼리아의 팔 한쪽이 반대편으로 꺾여 있었다. 허나 그녀는 고통 따위는 전혀 느껴지지 않는 듯이 성큼성큼 다가와 스팅레이 회장의 멱살을 덥석 잡았다.

 "[네놈이 감히……!]"

 "마침내 인간의 언어로 말하게 되었구나. 그래, 새로운 언어를 배운 기분이 어떻느냐?"

 "[감히 열등한 언어를 내 입에 담게 만들다니, 네놈은 곱게 죽지는 못하리라……!]"

 "허허, 생각했던 그림과는 달랐겠지?"

 이대로 칼리아가 회장을 바닥으로 내던진다면 분명 그의 연약한 몸은 충격을 견디지 못하고 망가져 버릴 것이었다. 허나 스팅레이 회장은 조금의 두려움 없는 표정으로 그녀를 도발했다.

 "다급해져서 기껏 시도한다는 것이 내 딸의 몸을 조종하는 것이라니, 참으로 꼴이 우습게 되지 않았느냐. 이 도마뱀 녀석."

 "[……네놈의 계획이 통할 것 같으냐?]"

 "길고 짧은 건 대보지 않으면 모를 일이지."

 스팅레이 회장은 껄껄 웃었다.

 "무려 200년의 세월이다. 네놈들에겐 한숨 거하게 낮잠을 자고 일어나면 지나갈 시간이겠지만, 인간에겐 아니었지. 회심의 한 방을 준비하기엔 충분하다는 게다."

"[네놈이 제정신이 아닌 줄은 알고 있었다만 이 정도일 줄은 몰랐구나. 고작해야 필멸자 주제에-!]"

"그렇게 방심하니까 이렇게 되는 게다."

스팅레이 회장의 말에 칼리아의 얼굴이 와락 구겨졌다. 그런 그녀를 조롱하듯 스팅레이 회장이 말을 이었다.

"내가 죽으면 내 승리다. 내가 죽지 않아도 내 승리다. 이 도시가 무너져도 내 승리이며, 이 도시가 온존된다고 해도 내 승리다."

"[아니.]"

칼리아가 고개를 저었다.

"[무너진 발판은 다시 세우면 된다. 네놈의 의도대로 되지는 않을 것이다. 한낱 필멸자가 감히 이 몸에게 생채기라도 낼 수 있을 성 싶으냐!]"

"과연 그럴까."

스팅레이 회장은 비웃었다.

"'그놈'은 다를 게다. 인류가 200년의 세월 동안 갈고닦아 온 가장 날카로운 송곳이다. 아차 하는 순간에 네 목을 꿰뚫겠지."

"[이만 되었다!]"

칼리아가 언성을 높이는 것과 동시에, 스팅레이 회장의 몸이 증발해 버렸다. 그가 앉아 있던 휠체어에는 새하얀 불꽃같은 것만이 일렁거릴 뿐이었다.

칼리아는 그것을 쥐어 입안으로 삼켜 버리고서는 인상을 잔뜩 찌푸렸다.

"[ϒγνϒζωΒεΩο!!]"

그녀가 알 수 없는 언어로 중얼거리자, 복도에 쓰러져 있던 대량의 시체의 살점이 녹아내렸다.

그 후 새하얀 뼈만 남은 해골 병사들이 서서히 몸을 일으켰다. 그중 일부는 사이버웨어 시술을 받았는지 뼈가 금속으로 되어 있기도 했다.

"[ΨΔεΨΜ!]"

그녀의 명령에 따라 해골병사들이 일제히 출구를 향해 비틀비틀 나아간다.

그들의 목표는 하나였다.

아론 스팅레이를 찾아내어 말살할 것.

* * *

"……죄송합니다. 면목 없습니다."

닌자부대와의 전투를 마친 후, 나는 드래곤을 데리고 마리아와 합류했다. 그녀는 칼리아를 구해 내는 것까지는 성공했으나, 도중에 갑자기 사라져 버렸다고 설명했다.

"사라졌다니, 그게 무슨 뜻이지?"

"죄, 죄송합니다. 정말 그 이상으로는 설명하기가 어렵습니다. 눈 깜짝할 사이에 갑자기 시야에서 사라져 버리셨습니다."

"누가 데려간 건가?"

"아뇨. 그건 아니지만……."

마리아는 말끝을 흐렸다.

"아가씨께서 모습을 감추시기 전에, 뭔가 평소랑 느낌이 무척 다르셨습니다."

"정확히 설명해 봐라."

"아무래도 제 모듈에 오류가 생긴 것 같습니다. 칼리아 아가씨로부터 대량의 마력이 감지되었고, 평소와 말투와 분위기도 달랐습니다. 눈동자에서도 푸른빛이 맴돌았습니다."

"천공룡이군."

내 옆에서 조용히 듣고 있던 드래곤이 입을 열었다.

그는 현재 인간의 형태를 하고 있었다.

나는 그에게 물었다.

"뭔가 알고 있나, 드래곤?"

"어리석은 것. 드래곤이 아니라 드윈드로그 님이라고 부르거라. 아무튼 일반인에게서 그만한 마력 반응이 느껴졌다는 것은 천공룡이 뭔가 수를 썼다고 밖에 볼 수 없지."

"확실한가?"

"확실할 리가. 하지만 네놈이 말하지 않았나? 회의 도중에 갑자기 단체로 무언가에 홀린 듯이 움직였다고."

"하긴."

나는 납득했다.

천공룡이 사람들을 꼭두각시처럼 조종할 수 있다는 사실은 이미 확인했다. 칼리아가 갑자기 다른 사람이 된 것처럼 움직였다면, 천공룡이 그녀를 조종했다고 보는 게 가장 타당하겠지.

그렇게 납득하며 고개를 끄덕이던 중, 마리아가 인상을 찌푸리며 드윈드로그를 노려보았다.

"'네놈'이라니, 당신. 감히 아론 도련님께 무슨 말버릇입니까. 예의를 갖추십-."

"됐다. 이 녀석은 인간이 아니니까, 그런 걸 바라지 마라."

"하지만 도련님."

"비상상황이다. 이런 문제로 일일이 시간을 쓸 여유는 없다. 그리고 다시 한번 말하자면, 이 녀석은 이리 보여도 드래곤이다. 괜히 성질 건드려 봐야 좋을 것 없다."

마리아가 기겁하며 눈을 부릅떴다.

"드, 드래곤이라니. 그럼 지금 제 마력감지 센서가 고장난 게 아니라……."

"칼리아 때도, 지금도, 마력감지 경고가 뜨는 쪽이 정상이다."

"......!"

마리아는 겁을 먹은 듯 움찔거리며 한 걸음 뒤로 물러났다. 그녀도 상당한 대체율을 자랑하는 고레벨 적응자였지만, 대량의 마력을 방출해 대는 드래곤을 상대로는 하룻강아지에 불과했다.

특히나 대인전 위주로 모듈을 세팅한 그녀로선 드윈드로그가 내뿜는 마력에 노출되어서 딱히 좋을 건 없으니 이런 반응은 당연한 것이었다.

"아무튼 다시 본론으로 돌아오지. 정리하자면 칼리아는 현재 행방불명 사태. 아마도 천공룡의 조종을 받고 있을 가능성이 크다는 이야기로군."

"그런 셈이지."

"놈은 칼리아의 몸을 뺏어서 뭘 할 생각이지?"

"나도 모른다. 다만 대충 추측해 보자면, 이번 사태를 일으킨 스팅레이 회장 대신에 새로운 인물을 내세우고, 다시금 예전처럼 인간을 지배하는 시스템을 만들려고 하는 거겠지."

"어째서?"

"어째서라니?"

드윈드로그가 어이없다는 듯이 날 쳐다봤지만, 나로선

이런 반응을 보일 수밖에 없었다.

"애초에 놈이 인간을 지배하려는 이유가 뭐냐는 말이다. 마음만 먹으면 대륙을 통째로 불태울 수 있는 능력을 가진 녀석에겐 인간 따위 개미로밖에 보이지 않을 터인데, 굳이 왜 그런 존재에게 집착하는 거지?"

"……네놈, 아무것도 모르고 있었군."

드윈드로그가 한숨을 내쉬며 차분히 말을 이었다.

"들어라, 다시 제대로 설명해 줄 터이니."

* * *

"세계는 나무다."

드윈드로그는 천천히 입을 열었다.

"이전에도 말한 적이 있을 테지. 이 몸이 어째서 인간들과 계약을 맺으며 천공룡의 눈을 피해 다녔었는지."

"인간을 이용하여 다른 세계로 통하는 차원문을 만드려 했다고 말했었다."

"그래. 그럼 왜 하필 인간인가?"

생각해 보면 그렇긴 하다.

어째서 인간인가?

[신비] 중에서도 인간과 비슷한 종족들은 얼마든지 있다.

당장 조금만 가도 드워프 마을이 있고, 그 외에 엘프나 오크 같은 놈들도 있다. 전부 인간과 비슷하게 두 발로 걸어 다니고 지성을 가진 놈들이다.

"……인간만의 무언가가 있다는 건가?"

"[신비]의 본질을 생각해 봐라."

본질이라.

그렇게 말해 봤자 전혀 감이 안 잡힌다.

"드래곤을 포함하여, 모든 [신비] 종족들의 근원은 인간의 상상력과 본능, 다양한 감정들이다. 바꿔 말하자면 태초에 '인간'을 만들었다는 '신'마저, 사실은 인간으로부터 태어났다는 의미가 되지."

"모순이지 않은가."

"모순이지. 그 점이 중요한 거다."

그 순간, 나는 이전에 에반젤린과 나누었던 대화를 떠올렸다.

당시 패밀리 레스토랑에서 그녀가 울어 버리는 바람에 다소 흐지부지하게 얘기가 끝나 버리고 말았었지. 하지만 이와 비슷한 내용을 그녀가 말했던 적이 있음은 확실히 기억하고 있다.

-모든 괴물들은 인간들로부터 태어났을지도 모르느니라.

"……계속해 봐라."

"그 전에 다른 이야기를 좀 하지. 네놈은 이 세계에 왔을 때, 자신의 몸에 따라 영혼이 바뀌었다는 것을 느끼지 못했나?"

"'동기화'를 말하는 건가?"

"뭐라고 부르든 상관은 없다. 자각이 있느냐 없느냐만 중요하지."

"있다. 하지만 해결했지."

"해결했다고? 어떻게?"

"……."

나는 잠시 망설이다가 그냥 전부 사실대로 말해 주었다.

복제인간을 만들어서 '살인귀, 아론 스팅레이' 자체가 되어 버린 나 자신과 싸우게 만들었던 사건에 대해서. 그 외에 빙의자 연맹의 존재에 대해서도 대강이나마 설명해 주었다.

내 대답을 들은 드윈드로그는 날 미친놈 보는 듯한 눈길로 보았다.

"미친놈이었군."

눈빛만이 아니라 진짜 말로 내뱉었다.

조금 상처받았다.

"결국 네놈은 한 번 죽고, 새롭게 몸을 차지한 인격이라 이거군. 제정신으로 할 법한 짓은 절대 아니지. 하기야 네놈이 어딘가 망가져 있다는 건 진즉부터 눈치채고 있었다만."

"그건 관점의 차이일 뿐이다."

"관점의 차이? 웃기는 소릴 하는군."

"……그만 됐다. 본론이나 계속해라."

"쯧."

드윈드로그는 못 볼 것을 봤다는 듯이 혀를 차고서는 말을 이었다.

"아무튼 동기화의 원인은 알고 있나?"

"몸의 형태에 육체가 적응한 거겠지."

이 세계가 기본적으로 '보드게임이기 때문'이라는, 작가 본인에게 들었던 이야기는 굳이 하지 않았다.

그러자 드윈드로그는 고개를 저었다.

"그렇게 따지면 인간에게 빙의한 유령들은 모두 완벽히 본인의 인격을 물려받아야겠지. 그런 이유가 아니다. 빙의자들의 영혼만이 형태가 바뀐 것은 이 세계가 '현실'이 되어 가는 과정이기 때문이다."

"……."

"본래는 소설이었던 이 세계가 '현실'이 되면서 근간을 뒤흔들 수 있는 모순들을 다양한 방법으로 수정하는 거다. 빙의자들의 존재와 지식들은 특히나 그러하지. 기본적인 [설정]에 어긋나는 존재들이기에, 강제력이 부여되어 영혼의 형태와 성질을 육체의 주인과 흡사한 형태로 개조하게 되는 거지."

"계속해라."

"여기서 중요한 건 이 세계는 모순과 오류를 해결함으로써 더더욱 '실체성'을 얻으려고 한다는 것이다. 여기서 다시 원래 이야기로 돌아오지. 신과 드래곤, 불멸자들에 대해서."

드윈드로그가 허공에 손을 휘저었고, 거기에는 거대한 빛의 나무가 생겨났다.

"'인간'이 없었으면 '신'이라는 개념은 태어나지 않았을 거다. '신'이 없었으면 '인간'은 태어나지 않았겠지. 또한 '드래곤' 역시 마찬가지다. 차원을 넘나들며 태곳적부터 존재했던 용족은 '인간'의 상상력에서 태어난 거다. 하지만 인간에게서 태어났어야 하는 드래곤이, 인간이 존재하기도 이전의 시대에 존재할 수는 없는 법이지."

"패러독스로군."

"그래. 그럼 그 모순을, 이 세계는 어떻게 해결하려 했을까? 아니, 정답까지는 알지 못해도 상관없다. 중요한 것은 모든 설정의 중심에 '인간'이 놓이게 된다는 점이지."

드윈드로그가 손을 휘젓자, 황금색 나뭇가지 하나에서 헤아릴 수 없을 만큼의 잔가지가 자라나기 시작했다.

"본래 같은 종류의 괴물일지라도 수많은 버전의 전승이 있기 마련이다. 가령 A라는 이야기에서 도깨비가 착한 괴물이었던 녀석이, B라는 전승에선 나쁜 괴물로도 등장하지. 하지만 이 세계에서는 도깨비의 종류는 하나로 특정된다."

"공식 설정으로 인한 오류군."

"원작에서 등장하진 않았지만, 이런 사례가 한두 가지가 아닐 테지. 물론 대다수의 경우 작가조차 미처 고려하지 못한 '빈 구멍'을 채우는 식으로 해결하겠지만, 오류가 누적되다 보면 대량의 수정이 필요할 때가 오게 되지."

드윈드로그가 나뭇가지를 꺾어서 손에 쥔다.

"'[신비]는 인간의 상상력에서 태어난 존재다.'. 동시에 '[신비]는 다른 차원에서 찾아와 인류를 공격하기 시작했다.'. 두 가지 설정이 겹쳐지면서 나오는 결론은……?"

"'인간이 [신비]들이 사는 다른 우주를 만들어 내었다."

"그래."

드래곤의 손에 황금색 나뭇가지가 흔들린다.

"직접 만들어 냈다고 하는 건 다소 우습군. 결국 개개인은 아무것도 없는 필멸자에 불과하니까. 그들의 집단무의식이 만들어 낸 실체 없는 '에너지'를 통해 생겨났다고 하는 편이 좋겠지. '사냥터' 역시 비슷한 설정으로 생겨난 하위 우주 같은 거다."

"사냥터도 가 본 적이 있나?"
"있다."
"티켓은 어떻게 얻었지?"
"내가 드래곤이라는 걸 잊었나?"
차원을 넘나드는 종족이니 그딴 건 필요 없다는 건가.

"어쨌건 결론은 인간이 아주 쓰기 좋은 '재료'라는 거지."
"천공룡은 그걸 노리는 거군."
"그래. 이 세계에 있는 인간들의 무의식을 지배할 수 있으면, 새로운 우주를 만들어 낼 수 있다. 또 만들어 낼 수 있다는 건 파괴할 수 있다는 것이기도 하지. 나뭇가지를 통째로 꺾어 버릴 수도 있는 거다. 그게 내가 노리는 것이었지."
"이제야 감이 오는군."
어째서 천공룡은 인간을 보호하는가.
어째서 놈은 직접 힘을 행사하며 앞으로 나서는 대신, 스팅레이 회장을 비롯한 인간들을 앞으로 내세워서 통치하는가.
어째서 칼리아를 데려간 것인가.
결국 놈은 두려운 거다.
직접 존재를 드러내어 인류 전체의 무의식에 영향력을

끼치는 상황을 피하고, 어떻게든 지난 200년과 비슷한 상황을 계속 유지하고 싶었던 거겠지.

'칼리아를 데려간 것 역시, 나와 같은 판단을 했기 때문이겠지.'

이 상황에서 모든 사태를 해결하고 정당성을 확보할 수 있을 만한 인물은 그녀뿐이었다.

원래부터 그녀를 스팅레이 회장에 뒤이어 바지사장으로 내세우려고 했다가, 이번 일로 인해 더더욱 칼리아의 힘이 필요해진 상황.

'스팅레이 회장은 그걸 전부 없애 버리려고 했던 걸 테고.'

그 역시 자신이 쌓아 올린 모든 영광을 담보로 한판 승부에 나선 것이리라. 나는 그 작자의 수에 놀아나서 어쩔 수 없이 싸워야 하는 상황에 처한 거고.

'자, 정리해 보자.'

지금 상황에서 내가 해야 할 것은 무엇인가? 누구의 손을 잡고, 누구를 적으로 돌리는가? 어떻게 해야 내게 가장 좋은 시나리오를 도출할 수 있는가?

잠시 고민해 봤지만.

의외로 어렵게 생각할 건 없었다.

'해야 하는 일은 달라지지 않았어.'

몬스터 웨이브를 막고, 천공룡을 찾아 쓰러뜨리고, 도

시를 원래대로 되돌린다. 끝까지 싸워서 살아남을 수만 있다면 그 후에는 어떻게든 될 테지.

결심이 끝났다면.

행동에 나설 때였다.

"마리아."

[네, 도련님.]

내가 연락을 주기를 기다리고 있었는지, 곧장 대답이 돌아왔다.

"특별반 녀석들을 부탁하마. 경보가 발령됐으니 아카데미 학생들 전체가 출격했겠지. 적당히 구실을 대서 전장에서 빼내온 다음 안전한 곳에 옮겨 둬라. 물론 에반젤린과 시엘도 마찬가지다."

[노력해 보겠습니다.]

상황이 상황이다 보니 내 이름을 팔아도 제대로 먹히지 않을 가능성이 높았지만, 뭐, 그 정도야 마리아가 알아서 해 주겠지.

"추가로 가용할 수 있는 모든 인력을 동원해서 칼리아를 찾아라."

[알겠습니다.]

"그리고…… 밀레테크 쪽 상황을 묻는 걸 잊었군. 놈들은 어쩌고 있지?"

[일부 지역에서 저희 측과 국지전을 벌이고 있는 것으

로 확인됐습니다. 다만 병사들의 동선과 규모를 고려하면 저쪽도 꽤 소극적으로 대응하고 있다고 보는 게 맞을 것 같습니다.]

"아마 몬스터 웨이브 때문에 그런 거겠지. 잘된 일이다. 내 이름을 팔아서든, 아니면 블라디미르를 공략하든, 절대 이번 일로 인해 총력전으로 확전되지 않게 잘 수습해라."

안 그래도 몬스터 웨이브에 천공룡이라는 난관이 남아 있는 상황에 밀레테크까지 끼어들면 그 이상으로 골치 아플 수가 없다.

설령 천공룡을 어떻게든 없애는 데에 성공하더라도 밀레테크가 그 기회를 노려서 황좌를 차지하게 된다면…… 그 뒤는 별로 상상하고 싶지 않다.

[알겠습니다. 그럼 도련님께서는 어떡하실 예정입니까?]

"아직 몬스터 웨이브가 도착하기까지는 시간이 좀 남았으니…… 충분히 준비해야겠군."

[싸, 싸우시려는 겁니까?]

"그래."

주인공 일행이 충분히 성장하지 못한 지금, 몬스터 웨이브를 제대로 막아 내려면 내가 직접 나서는 수밖에 없다.

하지만 현재 나는 스팅레이 닌자부대와의 전투 때문에 힘과 에너지를 상당히 소모한 상태였다. 다음 싸움을 위해서는 정비가 좀 필요했다.

"미유는 어디에 있지?"

[죄송합니다. 미처 확인하지 못했습니다. 하지만 아마도 트리니티 아카데미의 절차에 따라서 쉘터에 피신해 있을 가능성이 높습니다.]

전술교전부인 아이리, 사일런스, 호법, 레이나는 전장으로 떠났지만, 과학기술부인 그녀는 예외였다. 아마 다른 학생이나 교수들과 함께 안전한 곳에 숨어 있을 것이다.

"그럼 우선 내가 미유와 만나겠다. 그동안 전교부 녀석들을 부탁하지. 그 후에 미유를 넘겨주는 걸로 하겠다. 이상이다."

[알겠습니다. 곧 연락드리겠습니다.]

뚝.

통화가 끊기자마자, 나는 깊게 한숨을 내뱉었다. 옆에서 잠자코 있던 드윈드로그가 퉁명스럽게 물었다.

"끝났나?"

"그래. 아카데미로 가지."

"나도 함께 가야 하나?"

"아무 준비 없이 천공룡을 상대할 수 있을 거라고 생각하나?"

"……."

내가 말하자 드윈드로그는 어쩔 수 없다는 듯이 혀를 찼다.

아무리 이 녀석이 '드래곤'이라고 할지라도 천공룡과 일대일로 맞붙을 수 있을 만큼은 아닐 것이다. 뭐가 됐든 조금이라도 도움이 될지 모른다면 미리 준비해서 나쁠 게 없지.

자, 아카데미로 갈 때다.

11장

11장

다행히도 미유와는 손쉽게 연락이 닿았다.

나는 그녀에게 미리 간략하게나마 사정을 설명했고, 그녀는 흔쾌히 도와주겠다고 나섰다.

트리니티 아카데미 특별동.

스팅레이 특별반 기숙사.

미유의 방 입구를 열자마자, 온몸을 방호복으로 무장한 미유가 우리를 반겨 주었다.

나는 처음 보는 그녀의 옷차림에 고개를 갸웃거렸지만, 그에 대해 물어보기도 전에 드윈드로그가 안쪽으로 성큼성큼 발을 옮겨 놓았다.

"자, 시간이 없으니 빨리 끝내지."

"아아앗!?"

그 모습을 본 미유가 다급하게 드윈드로그의 앞을 막아 세우려 했으나, 그녀의 연약한 힘으로 드래곤을 막아 세울 수는 없었다.

미유는 그의 허벅지쯤에 반쯤 매달린 채로 소리쳤다

"아, 아아안 돼요! 그렇게 들어오시면!!"

"뭐냐, 차별하는 거냐?"

"그, 그게 아니라……!"

미유가 우물쭈물하는 사이 드윈드로그가 몇 걸음 더 나아갔고, 그와 동시에 방 안쪽에 난리가 났다.

지지지지직! 퍼어어어엉!

미유의 방에 있던 다양한 전자기기들이, 과전류가 흐른 것처럼 폭발하며 불꽃을 튀겨댔다.

자칫하면 큰 화재로 이어질 수 있는 상황이었지만, 다행스럽게도 미리 대기하고 있던 소형 드론들이 출동하여 일찌감치 불길을 잡아내는 데에 성공했다.

드윈드로그도 갑작스러운 사태에 놀랐는지 그제야 들어가는 것을 멈췄지만, 이미 벌어진 사건을 되돌릴 수는 없었다.

미유는 망가진 장비들을 돌아보며 울먹거렸다.

"히이잉…… 이래서 바로 들어오시면 안 된다고 한 건데……."

"어…… 그…… 그러니까…… 나름대로 마력량을 조절

한 거다만…… 거리에서 돌아다닐 때는 괜찮았는데…….”
"바깥에선 몰라도 제 방에는 고감도 센서가 달린 기기가 많단 말이에요…… 으아앙…….”
"…….”

미유가 훌쩍거리기 시작했고, 드윈드로그는 우두커니 서서 어찌할 줄 몰라 했다. 결국 보다 못한 내가 드윈드로그의 뒤통수를 한 대 후려갈긴 후 밖으로 끌어냈다.
"일단 어서 수습하고, 준비 끝나면 불러라.”
"네에…… 훌쩍.”

드윈드로그도 조금은 죄책감이 있는지 내게 얻어맞고서도 군말 없이 질질 끌려나왔다.

그렇게 무의미하게 20분 정도 시간이 흘렀고, 그제야 미유가 다시 문을 열어 주었다.
"이, 일단 급한 대로, 정리 끝났어요…… 자, 들어오셔도 돼요. 조금 민감한 것들은 전부 치워 놨으니까…….”
"…….”

아무 말 없이 안쪽으로 발을 들여 놓으려는 드윈드로그의 뒤통수를 한 대 더 때렸다.
"악! 이 자식이 한번 해 보자는 거냐!”
"네놈은 '미안하다'라는 단어는 모르나?”
"……쯧. 미, 미안하다.”
"괘, 괜찮아요…….”

마뜩잖은 얼굴로 사과하는 드윈드로그.

그 태도가 영 마음에 안 들었지만 여기서 더 자극했다간 임시동맹이고 뭐고 진짜로 싸우게 될 거 같아서 적당히 끊었다. 뭣보다 미유 본인이 그것만으로도 그럭저럭 기분이 풀린 모양인 듯하니 다행이었다.

아무튼.

우여곡절 끝에 우리는 미유의 작업실에 도착했다.

수차례 방문으로 익숙해진 나는 상의를 전부 탈의하고 자연스레 작업실 중앙에 놓인 수술용 의자에 자리를 잡았다. 마찬가지로 미유도 별말 없이 준비를 시작했다.

"그럼 바이오모니터부터 확인할게요."

그러면서 내 몸 곳곳에 전극을 연결하는 미유. 작업실 구석 벽 쪽에 등을 기댄 드윈드로그가 퉁명스레 중얼거렸다.

"갑작스레 여자애 앞에서 옷을 훌러덩 벗길래 변태인 줄 알았다."

"시끄럽다."

근데 생각해 보면 미유도 나도 익숙해져서 그렇지, 작년까지만 하더라도 미유는 내 모듈링을 하면서 얼굴이 새빨개지곤 했더랬지.

나와 눈 마주치는 것도 어려워했던 애가 머리색이랑 눈 색깔도 달라지고, 이젠 웃통을 깐 정도야 아무렇지 않아하니 세월이 참 무서운 법이다.

"신경 차단할게요. 눈 감으시고, 제가 괜찮다고 할 때까지 말씀하시면 안 돼요~"

끼릭끼릭.

미유의 컴퓨터 모니터에 수많은 데이터 로그들이 스쳐 가듯 지나갔다. 미유는 급류처럼 빠르게 흘러가는 로그들을 순식간에 확인하는 동시에 진단을 하나씩 내놓았다.

"기본적인 신경반응, 혈압, 맥박, 모듈호환성과 전기신호들은 전부 정상이에요. 근데 아론 씨의 에너지 잔량이 이렇게까지 줄어든 건 처음 보네요."

"뭔가 문제가 있나?"

"문제라고 할 것까지는 아녜요. 간단히 말해서, 에너지를 엄청나게 썼다는 거죠. 일반인을 기준으로는 피로물질이 대량으로 쌓였다고 해야 할까요? 그냥 충분히 쉬면 회복되겠지만……."

미유가 도중에 말을 끊고 나를 걱정스럽게 쳐다본다.

"싸우러…… 가시려는 거죠?"

"그래."

거짓말할 내용도 아니니 나는 담담하게 고개를 끄덕였다. 내 대답에 미유의 시선이 잠시 드윈드로그 쪽으로 향한다.

11장 〈295〉

"저 말이에요…… 아론 씨 곁에 있으면서 별별 일들을 겪어 오다 보니 이젠 아론 씨가 '드래곤'을 데려와도 별로 놀라지 않게 됐어요……."

"그건…… 미안하게 됐군."

"따, 딱히 그런 의미에서 말씀드린 건…… 아니, 사실 맞는 거 같아요…… 솔직히 조금 실망? 아니, 조금 토라졌다고 해야 할까요……."

미유가 한숨 섞인 목소리로 말을 잇는다.

"이번에도 제게 중요한 건 말씀해 주시지 않을 걸 알아요. 대충 아론 씨와 어떤 식으로든 연관되어 있지 않을까, 하고 추측만 할 수 있을 뿐이죠."

"……."

"물론 저도 그게 나쁘다는 건 아녜요. 그게 전부 저를 보호하기 위해서 그러시는 거라는 사실도 이해하고요. 하지만 그래도…… 조금 쓸쓸해지는 건 어쩔 수 없네요."

미유가 태블릿을 조작하던 손을 멈춘다.

"이번에도 무사히 돌아오실 거죠?"

"물론이다."

그녀의 쓸쓸한 미소를 보면서 약속한다.

"이번 일만 끝나면, 전부 말해 주마. 너희들 모두에게, 전부."

"아론 씨……."

"사망 플래그."

나름 진지한 분위기였는데, 옆에서 드원드로그가 단 한마디만으로 초를 쳤다. 덕분에 분위기는 순식간에 박살났지만, 괜히 심각해지는 것보다는 나았을지도 모르겠다.

그렇게 한차례 분위기를 환기하고, 본격적으로 미유가 모듈링 및 정비작업에 돌입했다.

"아까 말씀드렸다시피 체내 에너지 잔량이 얼마 남지 않았어요. 휴식을 취하면서 자연스레 회복하길 기다리는 게 가장 신체에 부담도 덜하겠지만, 시간이 없으니 외부에서 채우는 수밖에 없겠죠. 뭐, 이건 간단한 문제니 상관없고……."

"그 외에 또 문제가 있나?"

"마찬가지로 현재 모듈들의 피로도가 조금 쌓인 편이에요. 특히나 [구름거미] 모듈과 [마나 배터리] 모듈의 출력 저하가 꽤 두드러지는 편이에요."

아까 전투에서 [구름거미]를 위주로 사용했었으니 당연한 일이었다. 그런데 [마나 배터리]는 왜? 닌자 놈들하고 싸우느라 딱히 마력에 노출된 적은 없었는데?

"아마 저 드래곤 씨가 옆에 있어서 그런 것 같아요. 지금도 풀 가동 상태인데요. 덕분에 에너지 회복은 훨씬 빨라지긴 했지만……."

"네놈이 문제였군, 드래곤."

"날 불러낸 건 너였다."

"싸, 싸우지 마세요. 큰 문제는 아니니까 제가 조금 손볼 수 있을 거예요."

미유는 이리저리 전극을 만지작거리고 새롭게 무언가를 연결하길 반복하더니 이내 이마를 훑어 내며 말했다.

"이대로 일단 최소 30분 정도만 계시면 충분할 거 같아요. 이상한 느낌은 없으세요?"

"가슴 안쪽이 간질거린다."

"그 나이에 첫사랑이라도 하나?"

"입 좀 다물어라, 드래곤."

"두, 두 분 다 싸우지 마시라니까요. 지금 바이오배터리에 에너지를 차징하는 중이라 그럴 거예요. 너무 불편하시면 전압을 조금 낮춰 드릴게요."

"아니, 됐다. 못 참을 정도는 아니니. 그보다는 추가로 부탁하고 싶은 게 있다. 내 코트에 담겨 있는 물건을 좀 확인해 주겠나?"

"코트요?"

미유는 젖어 버린 코트 안주머니에서 물건들을 꺼냈다. 한 쪽은 스팅레이 회장으로부터 받은 기계장치였고, 다른 한 쪽은 닌자들로부터 뽑아낸 전투 모듈들이었다.

"이건……."

"기계장치 쪽은 스팅레이 회장에게 받은 물건이다만 사용법을 알 수 없더군. 듣자 하니 '사념체'를 '실체화'시키는 용도라고 하던데 가급적 빠르게 조사해 주면 좋겠다."

"음…… 일단 분석기에 넣어 보고 결과가 나오면 바로 알려 드릴게요. 그리고 이건…… 모듈이네요?"

"그것들을 새롭게 장착할 수 있으면 좋을 것 같아서 들고 왔다."

"알겠어요. 이것도 확인해 봐야겠네요."

그러면서 미유는 정체불명의 기계장치와 모듈을 각각 다른 상자 같은 것에 집어넣었다.

이내 결과를 살펴본 미유의 눈이 휘둥그레졌다.

"일단 기계장치 쪽은…… 이거 데이터 양이 상당하네요!? 겉보기엔 간단해 보여도 내부에 나노기술이 접목된 굉장히 복잡한 회로구조를 하고 있네요!?"

그 순간 깨달았다.

아, 미유의 스위치가 또 켜졌다, 라고.

"왜 이런 구조를 채택한 걸까요? 보아하니까 안쪽에 이 정체불명의 액체? 아니, 구체적으로 따지면 엑토플라즘과 비슷한 물질인 것 같은데 아무래도 회로가……."

"미유."

"호, 혹시 뜯어보면 안 되나요!? 아, 당연히 안 되겠죠!? 이런 걸 한번 망가뜨리면 제가 지금 가진 설비로는 재현하는 게 불가능할 것 같으니까. 근데 그러면 내용물이 뭔지는 정확히 알 수가 없는데. 일단 투명한 케이스에 담겨 있으니 빛을 쏘아서 분광기로 확인해 보면……."

"미유. 사용법."

"앗!"

뒤늦게 정신을 차린 미유가 얼굴이 새빨개져서는 대답했다.

"죄, 죄송해요. 제가 너무 흥분했네요. 일단 무슨 원리로 어떻게, 무슨 효과를 내는 물건인지는 당장 알긴 어려워요. 최소 3시간 정도는 제대로 분석해 볼 시간이 필요한데…… 그렇게는 안 되겠죠?"

"안 된다."

나는 강아지를 훈육하는 주인 같은 어조로 단호하게 대답했고, 미유는 조금 실망한 기색으로 한숨을 내쉬었다.

"……그럼 어쩔 수 없네요. 일단 끝 쪽에 바늘 같은 게 있어서 어딘가에 찔러 넣는 것이라는 것만 알 수 있네요. 바늘의 구경을 보아서 사람에게 쓰는 물건인 것 같고요."

"바늘?"

"네. 이걸 이렇게 돌리면 바늘이 나와요."

미유가 음료수의 뚜껑을 따듯, 기계장치를 슬쩍 돌리자 챙! 하는 소리와 함께 살벌하게 바늘이 튀어나왔다.

"……꽤 위험해 보이는군."

"아마 두꺼운 근육을 뚫고 직접 주사하기 위해 만든 용도인 거 같아요. 길이로 봐서는 근육주사…… 아니, 뼈, 내장 같은 거에 직접 찔러 넣는 주사겠죠. 보통 응급시에 긴급하게 치료약물을 내장에 주입할 때 써요. 급성 중독을 치료한다든가 할 때요. 구조로 봐선…… 높은 확률로 심장 주사네요."

"그래. 심장 말이지."

나는 고개를 끄덕였다.

다만 인간의 심장이라.

스팅레이 회장은 저 주사기로 천공룡을 '실체화' 시킬 수 있다고 했었는데 어떻게 된 걸까? 대체 누구의 심장에 저걸 찔러 넣어야 천공룡의 본체가 튀어나오게 되는 건지, 지금의 나로서는 판단하기 어려웠다.

"죄송해요. 지금 알 수 있는 건 그 정도라……."

"아니다. 급하게 분석해 보라고 한 건 나니까. 그럼 모듈 쪽으로 넘어가지."

"네. 마침 모듈 쪽도 분석이 끝났네요."

그러면서 컴퓨터가 만들어 낸 보고서를 읽던 미유가 고개를 갸웃거렸다.

"어라?"

"왜 그러지?"

"아뇨. 그게…… 아론 씨. 이 모듈 어디서 나셨어요?"
"그거, 저놈이 시체에서 뜯어낸 거다."
"히익!"
"드윈드로그!"

또 드래곤 놈이 못 참고 한마디 끼어들었다. 모듈의 출처를 알게 된 미유는 순식간에 안색이 창백해졌고, 드윈드로그는 재미있다는 듯이 킬킬댔다.

하지만 이제 나름대로 미유도 산전수전을 겪으며 성장했고, 그 정도로 충격 받아 쓰러질 수준은 아니었다. 그녀는 간신히 마음을 가다듬고 다시 말을 이었다.

"그, 근데 적에게서 얻어 낸 거라고 하시면…… 좀 이상한데요……? 확률적으로 말이 안 되는데……."
"뭐가 말이지?"
"이 모듈, 아론 씨에게 너무 잘 맞는 모듈인데요? 마치……."

미유가 신기한 듯 모듈을 들여다보면서 말했다.

"……아론 씨를 '위해' 만들어진 것처럼요."

(아카데미 흑막 시점 14권에서 계속)

환상이 숨쉬는 공간 파피루스 blog.naver.com/gnpdl7

샤이나크 현대판타지 장편소설

빌어먹을 아이돌

닳고 닳아 버린 뮤지션, 한시온
그는 절망했다

[피지컬 앨범 2억 장 판매]
[미션에 실패했습니다. 회귀합니다.]

최고의 재능을 모아도, 그래미 위너가 되어도
언제나처럼, 열아홉 살 그때로

무한한 세월, 끝도 없는 회귀
질식하기 전에 도망쳐야 한다

**여태껏 하기 싫었던
K-POP 아이돌이 되어서라도
그렇게 또다시, 열아홉이 되었다**

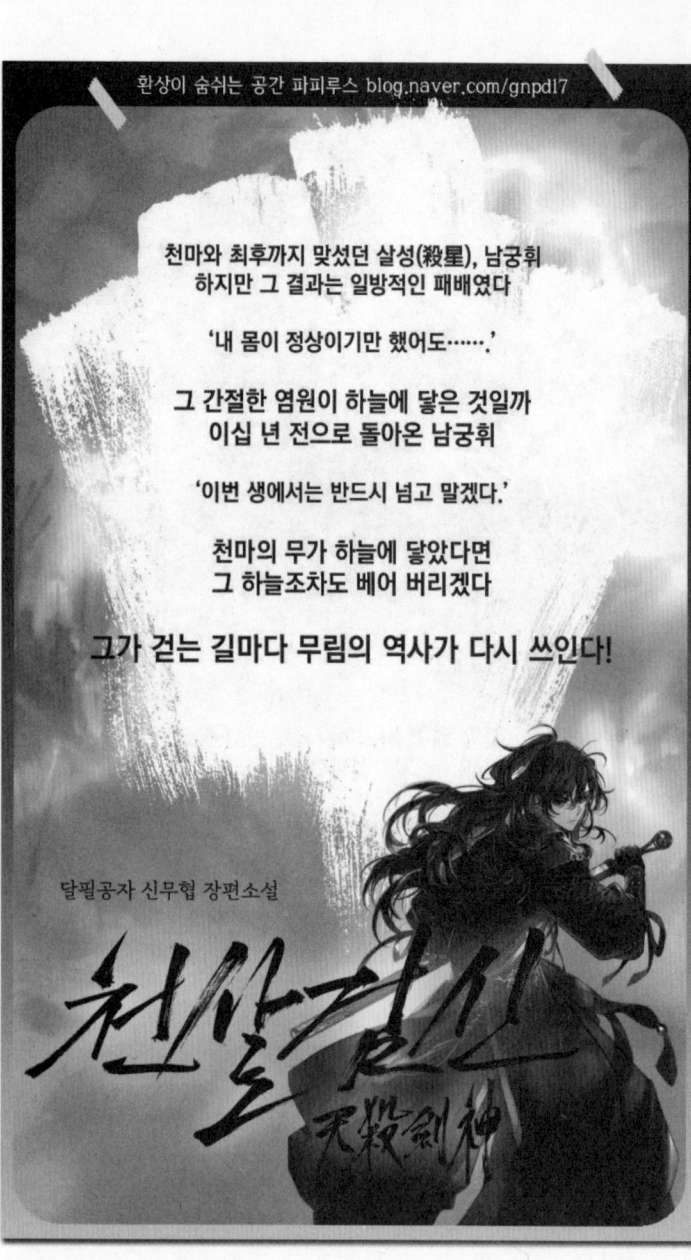

환상이 숨쉬는 공간 파피루스 blog.naver.com/gnpdl7

천마와 최후까지 맞섰던 살성(殺星), 남궁휘
하지만 그 결과는 일방적인 패배였다

'내 몸이 정상이기만 했어도…….'

그 간절한 염원이 하늘에 닿은 것일까
이십 년 전으로 돌아온 남궁휘

'이번 생에서는 반드시 넘고 말겠다.'

천마의 무가 하늘에 닿았다면
그 하늘조차도 베어 버리겠다

그가 걷는 길마다 무림의 역사가 다시 쓰인다!

달필공자 신무협 장편소설

천살검신
天殺劍神